Une enquête du père Brun

Benoît ROCH

Une enquête du père Brun

Roman

© 2024 Benoît ROCH

Édition : BoD – Books on Demand, info@bod.fr
Impression : BoD – Books on Demand, In de Tarpen 42,
Norderstedt (Allemagne)
Impression à la demande

ISBN : 978-2-3225-2209-5
Dépôt légal : Février 2024

Avec cent lapins on ne fabriquera jamais un cheval, avec cent soupçons, on ne fabriquera jamais une preuve.

Fédor DOSTOÏEVSI

(Crime et châtiment)

Avis au lecteur

Cet ouvrage porte le nom de roman, c'est-à-dire qu'il s'agit d'une fiction, benoîtement inventée par son auteur et qu'ainsi donc les personnages, les propos ou les situations n'ont aucune réalité dans la vie des autres.

Que si, par inadvertance, et pour le plus grand malheur des bienheureuses consciences, des fâcheuses ou orgueilleuses personnes se croyaient en droit de reconnaître, elles-mêmes, leurs propres actions ou leurs propres paroles, dans les situations qui peuplent ce récit affable, il va sans dire - mais il va mieux en le disant - qu'il ne pourrait s'agir que d'un coup de dés lancé par le destin, la fortune ou le hasard.

Quant à la providence, l'auteur ne cultive pas la vaine insolence des naïfs de la vouloir associer à ces enfantillages.

Chapitre 1

C'était un mariage heureux, comme on en aperçoit encore dans nos campagnes, pendant les beaux jours d'été. La messe avait réuni les amis des deux familles sous les vieilles voûtes romanes de la charmante église, à Donville-sur-mer, au nord du Pays d'Auge. La réception, depuis les hauteurs, prodiguait une vue imprenable sur la Manche. Avec ce magnifique soleil, on pouvait presque imaginer, là-bas, dans les lointains, les côtes d'Angleterre qui miroitaient à l'horizon. Il faisait si beau que les plus taquins demandaient où était passée la Normandie. Devant un manoir à pan de bois, une grande et splendide bâtisse, les invités, qui tous rivalisaient d'élégance, cancanaient avec insouciance, massés près du buffet, une coupe de champagne à la main. Il flottait dans l'air un mélange d'aisance et de désinvolture. Sur le gazon vert, superbement tondu dans un genre de perfection, un festival chamarré de chapeaux répandait, au creux de tous les regards, les couleurs de l'arc-en-ciel.

Il existe des jours où le poids des soucis et l'ennui des années semble suspendu. On se sent un autre ou, plus être plus précis, on a l'impression de posséder la meilleure part de soi, ce noyau qu'on aimerait conserver de l'autre côté, dans ce que les religions archaïques avaient coutume de nommer *l'Au-delà*, et que les chrétiens ont appelé pour toujours *la Vie éternelle*. Il ne fait aucun doute que nous ne maintiendrons pas les aspects les plus sordides de nos âmes, trop fréquemment maculées de boue, pour peu que nous cherchions humblement à nous approcher de la lumière, née de la lumière, cherchant le vrai Dieu, né du vrai Dieu. Néanmoins, même pendant les moments les plus agréables, où tout paraît se révéler sous son meilleur jour, où la vie se dévoile pour ce qu'elle est en réalité, un pur moment de grâce et de joie, surgit un incident imprévisible qui, malencontreusement, peut venir troubler la sérénité des âmes.

Et ce jour-là, tandis que nos jeunes mariés recevaient les félicitations de leurs invités, bien sagement rangés en file indienne pour attendre le moment tant convoité, où seuls à seuls, et en tête à tête, il est permis de débiter ses petits compliments au couple, bientôt harassé de recevoir les mêmes balivernes, pour ne pas exprimer des choses plus désagréables, lors de cette petite cérémonie difficile et interminable des félicitations qui finit toujours par prolonger le buffet, avant de passer à table, installant une sorte de flottement dans la journée, entre ceux qui sont élus pour rester dîner et ceux qui sont priés de repartir, tandis que la queue n'en finit pas de s'étirer, bref donc, à ce moment étrange et indéterminé, un événement tragique devait soudain briser les fils du destin et rompre le charme de la fête.

Mais avant de parler de cette affaire plus en détail, il nous faut dire un mot des mariés. Charles et Mathilde sont-ils heureux ? Il faut le supposer, car alors pourquoi se marier ? On pourra m'objecter que le mariage ne fait pas le bonheur, mais je vous répondrai sans trembler que le concubinage non plus, pas davantage que le célibat. Nous ne sommes pas faits pour vivre seuls, mais nous n'arrivons pas à vivre ensemble. C'est le drame de l'être moderne, qui rêve d'individualisme et crève de solitude. Mais revenons plutôt à nos tourtereaux. Ils sont jeunes et beaux. Tous leurs amis et leurs familles sont réunis autour d'eux pour célébrer ce jour si particulier.

Il y a, là-bas, la grand-mère de Mathilde, ou l'arrière-grand-mère. Sait-on à quelle génération on appartient lorsqu'on est entré dans l'hiver glacial du grand âge ? Elle se tient assise dans son fauteuil roulant, et sourit aux anges, avec un air béat qui laisse entrevoir ses dernières dents. La tante de Charles, elle, tient encore debout, sous un chapeau à voilette digne d'un film en noir et blanc, en s'appuyant sur la cane en ivoire de son défunt père qui avait servi en Indochine. Son fils, le capitaine au képi bleu marine, a gagné la plupart de ses médailles en Afrique. Sa femme est la jolie blonde en robe verte qui discute avec deux autres chapeaux.

Les parents de Charles sont très heureux d'accueillir Mathilde dans la famille. Après de brillantes études de médecine, le jeune homme se prépare à entamer une carrière de cardiologue. Son père, un neurologue éminent, est fier de voir son fils marcher dans ses pas. La famille vit à Paris, mais possède une maison sur la Côte Fleurie. Et du côté de Mathilde aussi. Tout ce petit monde se retrouve le dimanche à la messe de Donville. Il existe là une communauté de familles, assez heureuses, aimant la vie, bien installées dans l'existence, ravies de se coudoyer au mariage de Charles et Mathilde. Mais, un malheur inattendu vient perturber la joie de ces retrouvailles. Au moment très précis où le capitaine au képi bleu marine soulève son verre, au milieu d'un petit groupe de convives, et proclame: *Domine salvam fac Galliam !* on distingue un bruit étrange, disons plutôt un mélange de sonorités, pas deux tonalités concomitantes, mais réellement un bruit contenant un autre bruit, l'un mat et sourd, comme celui d'un solide se liquéfiant, l'autre sec et cassant, celui d'une carcasse se disloquant. La source des sons avait jailli du côté du manoir à colombages, et plus précisément au pied de la tour carrée. Des cris avaient soulevé les poitrines. Il n'était pas difficile, parmi les ouïes les plus fines, de saisir toute la signification du mélange de ces bruits. C'était la percussion fatale d'un corps humain qui venait de chuter.

Ce choc épouvantable fit tourner toutes les têtes. Pendant une pincée de secondes brèves, chacun resta figé sous l'effet brutal de la surprise, puis les premiers s'approchèrent. Au sol gisait un corps inerte soudain la proie de toutes les attentions. Immédiatement, le père de Charles, médecin de son état, constata la mort de la victime. Il intima qu'on ne touche à rien avant l'arrivée de la police. On pria quelqu'un d'appeler la gendarmerie. Du sentiment général, il était préférable d'exposer la situation aux autorités, personne ne voulant s'attirer des ennuis. En dépit de cet incident - encore plus pénible car inapproprié - l'ensemble des convives s'en retourna du côté du buffet, la plupart ayant besoin de chercher du secours dans le fond d'une flute de champagne.

Chacun y allait de son commentaire ou de son explication. Mais tous condamnaient l'idée sinistre de se suicider pendant un mariage. Le cadavre qui gisait là au pied de la tour carrée, était inconnu aux yeux des familles, autant qu'à ceux des convives ; anonymat qui ne manquait pas d'ajouter une ombre à l'énigme de son geste. A l'arrivée des gendarmes, on expliqua les circonstances du drame, et le père de Charles rapporta qu'il avait aussitôt constaté le décès après la chute. Il avait d'ailleurs noté l'heure précise sur un carnet. Après plusieurs échanges avec des témoins, les gendarmes avaient clairement conclu au suicide de l'inconnu. Mais alors qu'ils s'interrogeaient sur les motivations et sur l'identité de la victime, une voix claire et forte annonça sans trembler :

- Non, messieurs, ce n'est pas un suicide.

Chapitre 2

La voix qui avait fendu l'air, dans ce bel après-midi d'été, appartenait à un homme assez grand et bien bâti. Sous ses cheveux bruns, et courts, on devinait un air méridional, accentué par une belle barbe fleurie d'ébène, ni longue, ni courte.
- Que dîtes-vous ?

Le plus vieux des deux gendarmes était tourné vers l'homme brun, au regard noir.
- Je dis que ce n'est pas un suicide.
- Et pourquoi ?

Le plus jeune des deux gendarmes, lèvres entrouvertes, dévisageait l'homme en question avec un mélange de candeur et de stupéfaction. Dans ses yeux, perçait une étincelle d'incompréhension, pas seulement à cause des propos tenus, mais parce que le personnage qui se tenait devant eux portait une bure de couleur brune, avec une corde à nœuds à la ceinture.

- En vous attendant, j'ai eu tout le loisir d'examiner le corps, avec les yeux, je précise, et j'ai remarqué plusieurs indices qui obligent à conclure que cet homme ne s'est pas suicidé.

Machinalement, les gendarmes lancèrent des regards du côté du cadavre, mais ce nouvel examen bref ne se révéla pas plus fructueux que leurs précédentes observations.
- Voyez la position du corps ! L'homme est sur le ventre, la tête vers le mur du manoir. Une simple réflexion. Si l'envie me prenait de me suicider - *Deus me custodiat* ! - il est certain que je me jetterais par la fenêtre, tête en avant. Or la position du corps indique bien qu'il est tombé à la renverse, exécutant un tour sur lui-même, pour retomber la tête vers le mur. Mais qui réalise un salto arrière pour se suicider ? Je vous le demande. Personne ne fait ça ! Cette acrobatie dans la chute n'est pas volontaire, ce qui tend à prouver qu'il a été poussé.

A ce moment, les gendarmes maintenaient des yeux ronds comme des billes, le plus âgé vers le cadavre, le plus jeune vers la fenêtre du troisième étage, qui était la seule ouverte.
- A supposer que vous ayez raison, il n'est pas possible de prouver ce que vous affirmez.

- Bien sûr que si, reprit l'homme en bure, dont le visage aux traits marqués ressemblait à celui d'un philosophe barbu des temps anciens. C'est assez simple, il suffit de prélever la mince pellicule blanche sous les ongles de la victime pour vérifier qu'elle correspond à l'entourage de pierre crayeuse de la fenêtre ouverte. Je suis certain que, si l'un d'entre vous se déplace pour étudier les montants, il découvrira des traces de griffure.

Le plus jeune des gendarmes avisa l'autre et comprit d'un seul échange de regards qu'il devait cavaler au troisième étage pour scruter cette hypothèse.

Tandis qu'il s'éclipsa, l'homme en bure poursuivit :
- Enfin, je ne serais pas surpris, qu'à la faveur d'une autopsie, on puisse confirmer que le malheureux ait reçu un coup violent, pour le faire lâcher prise. Imaginez-le, dos à la fenêtre ouverte, les mains posées sur les montants pour s'appuyer, refusant de se laisser pousser. Alors, son agresseur a dû décocher un coup violent à l'endroit où tous les hommes cherchent à se protéger, par une sorte de réflexe génétique.
- C'est-à-dire ? demanda le gendarme de plus en plus ébahi.

L'homme à la bure toussa un peu, lança deux ou trois regards agacés vers l'entourage, avant de répondre sur un ton impatient :

- Mais dans les parties intimes, pardi !

A ce moment, le jeune gendarme, qui était apparu dans l'encadrement de la fenêtre, se mit à crier, comme s'il avait gagné au tirage de la loterie communale :

- Il y a des traces fraiches de griffure !

Un curieux silence tomba sur les témoins de la scène. Alors, sous l'effet d'un ressort invisible, le gendarme du bas lança d'une voix grave :

- Que personne ne touche à rien ! Merci de vous écarter ! Ce lieu est désormais une scène de crime.

Pendant ce temps-là, d'un autre côté du parc, sous le grand chapiteau de toile blanche, la réception battait son plein. Il avait été décidé, après un accord commun entre les deux familles, de poursuivre les festivités du jour. D'une part, l'homme tombé de la fenêtre ne figurait pas sur la liste des invités. D'autre part, la scène se situait un peu à l'écart du buffet et du chapiteau dressés pour le dîner. Quelques rumeurs filaient bon train, mais aucune circonstance, pas même la présence des autorités policières, ne semblait en mesure de faire plier la détermination des convives qui avaient pris place à table, sans se préoccuper de l'accident. A part quelques remous dans le flot des conversations, personne n'avait eu l'envie de gâcher la fête et chacun s'affairait à boire ses dernières gorgées de champagne pour entamer le festin.

A côté du corps, les gendarmes avaient accueilli une jeune femme blonde, assez belle, flanquée d'un petit chauve en imperméable.
- Alors, brigadier, de quoi s'agit-il ?

Le plus âgé des gendarmes se lança dans une explication un peu embrouillée, où il était question de pierre crayeuse, de salto arrière et d'une bure de couleur brune. La jeune femme offrit son plus beau sourire, puis laissa tomber, froidement :
- Je n'ai rien compris !

Alors le brigadier appela l'homme à la bure, avec son faciès grec antique, pour lui demander de s'approcher.
- C'est une soirée déguisée ? dit la femme blonde, à la vue de notre homme en bure de toile brune, qui la considéra d'une façon peu amène. Un silence pesant verrouilla les visages.
- J'ai formulé une bêtise ? ajouta-t-elle en plissant les yeux. Et d'abord qui êtes-vous ?

Alors, l'homme en bure planta, droit dans son regard, des yeux qui brillaient comme des banderilles de feu.

- Je suis le prêtre du mariage. Certains m'appellent le père Brun. Et accessoirement, je suis le curé de Donville-sur-mer.
- Vous êtes sérieux ?
- Et vous ?
- On ne voit jamais de prêtre en costume !
- Ce n'est pas un costume, c'est un habit de franciscain. Et vous, qui êtes-vous ?

La femme portait un blouson d'aviateur par-dessus son chemisier blanc, qui tranchait avec son *blue-jean*.
- Je suis le lieutenant Lemercier. Amanda Lemercier, chargée de cette enquête.

Le regard du franciscain ne s'atténua pas.
- Puis-je savoir quel est votre lien avec cette affaire ?

Alors, le Père Brun fit un exposé des faits qui était aussi clair que la lumière du jour.
- Avec peu d'axiomes, on fait de grands théorèmes, se plut-il à conclure.

Amanda Lemercier n'était pas femme à se laisser séduire par le premier venu. Les paroles du franciscain avaient frappé si juste qu'elle fut un moment sans parler. Puis, lançant un regard au petit chauve en imperméable, comme pour chercher les faveurs d'un témoin, elle entreprit de cuisiner son interlocuteur.

- Et d'abord, où étiez-vous au moment des faits ? Je vous trouve bien précis et sûr de vous.

Contre toute attente, le père Brun illumina son visage d'un sourire pétulant.
- J'étais avec les parents de Mathilde. La famille de la mariée. Il y avait aussi ses tantes. C'est très facile à vérifier. Maintenant, si vous pensez que mes explications sont trop précises, je prie la police de bien vouloir m'en excuser.
- Vous jouez au plus malin, répondit la jeune femme blonde. Pardonnez-moi, mais je ne savais pas que les prêtres étaient qualifiés en science criminelle.
- Et pourquoi pas ?
- Parce que la superstition ne fait pas bon ménage avec la science.
- La superstition ?
- Oui, enfin, tous vos trucs là, fit Amanda accompagnant ses paroles d'un geste de main en l'air qui voulait dire son agacement.
- Et si je vous disais que je possède un esprit scientifique ?
- Ah oui ? Vous êtes astrologue ?
- Non, je suis physicien

Amanda Lemercier jeta un regard trouble à l'homme qui se tenait là, devant elle, avec son visage de grec antique, et son habit grossier de toile brune, ceinturé d'une corde blanche.
- Ah ? Vous avez un bac scientifique ?

- Un doctorat de physique quantique. Et par ailleurs, je suis agrégé.
- Nous vérifierons tout ça, trancha-t-elle sur un ton devenu nerveux. Et maintenant, laissez-nous travailler.

Chapitre 3

Le père Brun lisait à son bureau quand on sonna au presbytère. Derrière la porte, c'était le petit chauve à l'imperméable qu'il avait vu, la veille, aux côtés de l'inspecteur Lemercier.
- Puis-je entrer ?

Le père Brun nota qu'il entendait sa voix fluette pour la première fois. Le jour du crime, pendant le peu de temps où ils s'étaient vus, le petit chauve n'avait pas soufflé mot. Pourquoi un imperméable avec ce temps ensoleillé ? Il le fit entrer dans un salon où le prêtre recevait ses visiteurs.
- A qui ai-je l'honneur ?

Le petit chauve retira ses lunettes rondes cerclées de fer pour les essuyer, avec un grand mouchoir de coton blanc, tiré de sa poche. Puis, une fois ses instruments d'optique chaussés sur son gros nez, il déclara :

- Je suis l'inspecteur auxiliaire Dubois, chargé de seconder l'inspecteur Lemercier dans son enquête sur l'affaire du mariage.

Le père Brun inclina la tête d'une façon vague qui pouvait signifier Dieu sait quoi.
- Mais, poursuivit le petit chauve d'une voix de plus en plus fluette, vous ne vous êtes pas présenté vous non plus.
- Si vous êtes chez moi, je suppose que vous connaissez mon nom.
- En effet, mais hier, vous avez donné un faux nom.

Le père Brun se mit à sourire.
- Pas un faux nom ! Je vous ai simplement dit comment on m'appelle par ici.
- Vous avez dit « le père Brun ».
- C'est exact !
- Mais ce n'est pas votre état civil.
- Parce que vous êtes venu pour me parler de mon état civil ?
- Vous nous avez menti !
- Ah non. Je n'ai pas menti. Interrogez le voisinage, vous verrez bien que tout le monde ici m'appelle « le père Brun », à cause de la couleur de ma bure.
- Votre vrai nom est Georges Cavalio de Saint Charles !
- Oui, et c'est un crime ?

Le petit chauve papillonnait des yeux par-dessus ses lunettes pour examiner le prêtre. Et, passé un moment d'agitation, il se redressa sur son siège pour annoncer, non sans fierté :

- Nous avons identifié le cadavre.
- Ah !
- Et je viens vous demander si vous le connaissez.
- Quel est son nom ?
- Il s'appelle Frédéric Maupin.
- Non, ça ne me dit rien.
- Antiquaire à Deauville. Belle clientèle.
- Désolé inspecteur, mais je ne fréquente pas les antiquaires.
- Il n'est jamais venu à la paroisse ?
- Pas à ma connaissance. N'oubliez pas qu'hier je n'ai pas reconnu le cadavre. Peut-être qu'avec une photo ?
- A ce moment le petit chauve plongea la main dans la poche intérieure de son manteau avec le geste précipité d'un assaillant qui veut dégainer son arme, pour coller une photo sous le nez du père Brun.
- Non, je ne connais pas ce visage.

Et sans demander son reste le petit chauve s'éclipsa.

Le lendemain, après l'heure du déjeuner, on sonna de nouveau au presbytère. Cette fois, c'était Amanda Lemercier.

- Ah, des visites quotidiennes !

- Je ne vous dérange pas ?

- J'étais concentré dans l'étude du traité d'Hilaire de Poitiers sur *la Trinité*, mais vous ne me dérangez pas.

Amanda observa le prêtre un instant. Il était plutôt bel homme, se dit-elle, athlétique, et son allure méditerranéenne conférait un charme oriental qui tranchait net avec la blondeur des Normands. Elle promena un regard amusé sur les icônes et les statues.

- Vous savez, je ne crois pas à tous vos trucs-là. Elle avait dit ça d'une voix lointaine, creuse, mécanique.

- Ce ne sont pas « mes trucs », mais deux mille ans de Révélation.

- Oui, enfin, tout ça ne me parle pas. Je viens d'une famille communiste et je suis athée.

- Et en quoi ceci peut-il concerner votre enquête ?

Amanda parut se réveiller, secoua la tête et répondit :

- Vous avez menti à mon collègue hier.
- Menti ? Et à quel sujet ?
- Au sujet de la victime.
- C'est-à-dire ?
- Vous avez affirmé ne pas connaître le dénommé Frédéric Maupin.
- Oui, je vous le confirme.
- Vous ne connaissiez pas cet homme ?
- Non, je vous assure.

- Alors, comment expliquez-vous ceci ?

Sous le nez du père Brun, Amanda agitait un carnet aux pages gribouillées.
- Voici son agenda. Il y a un peu plus de deux ans et demi, cet homme vous a rencontré pour expertiser un tableau dans l'église. Voyez vous-même, le rendez-vous est noté ici.

Le franciscain s'était penché en avant pour examiner la pièce qui lui était présentée. Puis, il releva lentement les épaules, tout en dessinant les marques d'un sourire plein d'ironie.
- Je note, en effet, que cet antiquaire avait rendez-vous ici pour une expertise.
- Ah, vous avouez ?
- Oui, j'avoue que son rendez-vous s'est déroulé avec mon prédécesseur. Je suis arrivé ici seulement depuis deux ans, et leur entretien remonte à deux ans et demi.

Une petite ombre de déception flotta dans les yeux d'Amanda.
- Vous ne me faites pas confiance ?
- Ecoutez, je ne suis pas habituée à parler avec un curé, pour tout vous dire, lâcha-t-elle sur un ton qui confinait à l'exaspération. Pour moi, les curés sont tous des menteurs.

Un silence glacial enveloppa chacun des deux protagonistes. Pendant quelques secondes on sentit qu'un orage était sur le point d'éclater. Puis, le père Brun, le premier, rompit ce silence intenable.

- Bon, alors videz votre sac une bonne fois, et qu'on en parle plus !

Amanda se détendit, avant d'ajouter :

- Il faut me comprendre, j'ai grandi dans le culte de la Raison et de la Science. Pour moi, la foi est une imposture et tous les prêtres sont des charlatans.

- Alors, contentons-nous de la Science.

- Je ne savais pas qu'il existait des curés scientifiques. Pour moi, c'était tout simplement impossible !

- Vous ne savez pas grand-chose, sans vouloir vous offenser. Ignorez-vous que c'est un prêtre vraiment catholique, belge de surcroît, l'abbé Lemaître, qui a modélisé le Big Bang ? Comme vous, Albert Einstein, néanmoins croyant, ne voulait pas admettre la théorie scientifique de ce prêtre catholique. Mais la détection du fond diffus cosmologique a permis de confirmer la trouvaille de l'abbé Lemaître. Et même Albert Einstein s'est incliné.

- Bon d'accord, admettons qu'un prêtre ait pu découvrir une théorie de physique.

Le père Brun avait les yeux qui brillaient comme des étoiles. Dès qu'il évoquait un sujet scientifique, il sautillait sur lui-même, mu par un ressort invisible.

- Savez-vous quelle est l'Académie des sciences qui possède le plus grand nombre de Prix Nobel ?

Amanda resta silencieuse, parce qu'elle comprenait que le père Brun était un bretteur de haut niveau, et qu'il était probablement sur le point d'emporter la partie.

- L'Académie pontificale des sciences. Oui, madame, le petit état du Vatican possède la plus ancienne académie scientifique, fondée en Europe, en 1601, ainsi que le plus grand nombre de Prix Nobel au mètre carré.

Chapitre 4

Dans la vitrine de l'antiquaire, on pouvait apercevoir un ravissant bonheur-du-jour ayant appartenu à Madame de Staël. Sur une paroi était exposé un magnifique portrait de femme par Vigée-Lebrun. Une commode signée Jacob et d'autres meubles estampillés attestaient du bon niveau de qualité de la marchandise. Le père Brun promenait son regard affûté sur ces objets lorsque, soudain, telle Nausicaa surgie des buissons, apparut le visage d'Amanda sur le reflet de la vitrine.

- Alors, mon révérend, on se promène à Deauville ?

Le moine s'était retourné prestement pour constater que la silhouette qui se dressait face à lui n'était pas celle de Nausicaa.

- *Mon révérend ?* Qu'est-ce que c'est que cette idée ?

- Je me souviens d'avoir entendu ça chez *Don Camillo*, et ça me plaisait bien.

Le franciscain pensa que la jeune femme cherchait à le coincer. Une sorte de prémonition lui fit comprendre qu'elle l'avait surveillé.

- Croyez-moi, on revient toujours sur les lieux du crime.
- Les lieux du crime ?
- Ne me dites pas que vous ignorez que c'est le magasin de Frédéric Maupin ?
- Non, je le sais bien.
- Je vous ai vu sortir du *Normandy* tout à l'heure. Ma curiosité serait apaisée de savoir ce qu'un franciscain vient faire dans un hôtel de luxe.

La mine d'Amanda ressemblait à celle de ces femmes austères, en uniforme grisâtre, qui peuplaient les films sur la Russie de l'époque soviétique.

- Vous me suivez maintenant ?
- Ce n'est pas la question, rétorqua-t-elle plus autoritaire que jamais.
- Le directeur du *Normandy* m'a contacté pour un de ses clients, malade, qui avait émis le souhait de se confesser. C'est facile à vérifier.

Le visage d'Amanda s'était éclairci d'un seul coup, comme sous l'impulsion d'un trait de soleil perçant les nuages.

- Allons, mon révérend, détendez-vous, je vous taquinais.

Le père Brun, mi-figue, mi-raisin, fixait la jeune femme sans remuer les sourcils, mais la moue qui défigurait le bas de son visage, sous ses beaux yeux noirs, indiquait, à qui voulait bien traduire, qu'il avait la ferme intention de tiquer pendant un moment.

- Venez, je vous invite à passer à mon bureau.
- A votre bureau ?
- Oui, je voudrais votre avis sur un sujet.
- Mon avis ?
- Allons, s'il vous plait, ne faites pas cette tête-là, et suivez-moi, ce ne sera pas long.

Le bureau, se situait au troisième étage du commissariat de Deauville. Sa fenêtre offrait sur la mer une vue de carte postale.

- Asseyez-vous, je vous en prie. Un café ?
- Non, merci.
- Dites-moi, pensez-vous que le meurtre de l'antiquaire ait un rapport avec le mariage ?
- Et pourquoi me demandez-vous ça ? Je veux dire : pourquoi à moi ?
- Parce que sans vous, nous ne serions pas ici à chercher un criminel ; l'affaire aurait été classée comme un simple suicide. J'ai compris que vous avez un esprit d'observation hors du commun, doublé d'un rare don d'analyse et de déduction. Et comme vous êtes à l'origine de l'enquête, je me suis dit que vous pourriez nous aider à la résoudre.
- Mais je ne suis pas détective !
- C'est sûrement mieux comme ça. Alors, selon vous, quel est le lien avec le mariage ? Que

faisait donc notre antiquaire à la fenêtre de ce manoir ?

Le moine se mit à respirer plusieurs fois à pleins poumons, puis il ferma les yeux pour se concentrer. A ce moment, quelqu'un vint à frapper contre la porte.

- Entrez !

C'était Dubois qui, cette fois, avait retiré son imperméable. Il s'approcha d'Amanda, lui chuchota quelque chose, avant de ressortir avec la même balourdise.

Le père Brun semblait interroger quelque chose d'invisible au plafond, puis il baissa son regard ardent vers Amanda :

- Maupin n'avait aucune raison objective d'être au manoir, n'y travaillant pas et n'étant pas sur la liste des invités. Il faudra vérifier si les propriétaires ont eu connaissance de sa présence. A moins d'une expertise, ou à part des liens d'amitié, il n'avait rien à faire dans ce manoir, le jour d'un mariage. Donc, il est venu voir quelqu'un, et ce quelqu'un, probablement invité à la noce, n'était visiblement pas content de l'y rencontrer.

- Bravo ! C'est exactement ce que je me disais ! Avant de vous écouter, Dubois est venu me confirmer la réponse des propriétaires. Sans surprise, ils n'ont jamais convié Maupin, et ils ignoraient totalement sa présence. Les jours de mariage, il est facile d'entrer dans la propriété, en raison du grand nombre d'invités. Que reste-t-il, à part l'hypothèse d'une rencontre inopinée avec un des convives ?

- Ce qui veut dire qu'il faut éplucher la liste des invités.

- C'est pour cette raison que j'ai sollicité votre aide.

Une légère contorsion vint assombrir le visage du Père Brun.

- Ecoutez, c'est assez délicat pour moi. Je connais la plupart des noms sur cette liste. Et je dois vous avouer que certains m'ont choisi pour confesseur. Vous devez comprendre qu'il n'est pas question pour moi de violer un seul secret de confessionnal.

Amanda considéra le moine avec un regard bienveillant.

- Ecoutez à votre tour, même si je ne crois pas à tous vos trucs, je respecte vos croyances. Et je ne vous demande pas de trahir vos amis, mais simplement de nous éclairer si nous avons des doutes. Je suis persuadée que vous saurez nous guider sans trahir personne. Il s'agit quand même de punir un meurtrier !

Pour la première fois, l'homme à la bure de toile brune comprit que la démarche de la jeune femme blonde n'était pas hostile.

Il se leva, jeta un regard contemplatif du côté de la fenêtre, où la mer déroulait, dans un camaïeu

de bleus intenses, toute l'immensité de sa beauté. Puis, il se tourna vers Amanda, et lui offrit une poignée de main franche et solide :
- Je vous promets de faire de mon mieux.

Chapitre 5

- Allô ?
- Allô !
- Bonjour mon révérend !
- Ah bonjour, comment allez-vous ?
- Très bien merci. J'ai besoin de vous.
- D'accord, je vous écoute.
- Si vous permettez, je préfère passer vous voir. A quelle heure êtes-vous disponible ?
- A 14 heures.
- Très bien, à tout à l'heure !

Quand elle entra dans le bureau du moine, Amanda fut immédiatement saisie par l'onction d'une musique envoûtante, des chants de voix d'hommes semblaient monter du fond des âges.
- C'est magnifique ! Qu'est-ce que c'est ?
- Ce sont des chants liturgiques arméniens sauvés du génocide culturel par Komitas.
- C'est vraiment très beau. Je n'ai jamais rien entendu de semblable.

Amanda se sentait totalement habitée par la splendeur des hymnes.

- Avec l'empire romain, puis le royaume d'Edesse, l'Arménie reste le premier royaume à devenir chrétien. Et ceci bien avant la *Fille ainée de l'Eglise*, ajouta en souriant le Père Brun.

- Je pensais que c'était du grégorien.

- Ah non, le grégorien est occidental. Il est l'héritier du *Chant vieux-romain*. Quand le pape Léon III fit le choix de couronner Charlemagne, empereur d'Occident, il envoya des prêtres pour « romaniser » la liturgie de la cour carolingienne. Ce qu'on appelle le *chant messin*, l'ancêtre du grégorien.

Amanda se laissait bercer par la douceur des paroles du Père Brun, et par la suavité des chants qui embaumaient l'air comme un nuage d'encens.

- Mais permettez-moi de douter que vous soyez venue ici pour un cours de musicologie liturgique !

Amanda ne put s'empêcher de sourire.

- Non, mais c'est vraiment si beau que je reviendrai.

A son tour, le visage du moine fut illuminé par un sourire oriental et mystérieux.

- Musicologue, physicien, et maintenant détective, mais qui êtes-vous vraiment ?

- Un simple franciscain.

- Mais toutes connaissances ?

- C'est assez simple. L'harmonie des sons est d'abord un domaine de sciences physiques. Rappelez-vous, grâce aux mathématiques, les pythagoriciens avaient déjà théorisé la musique.

- Mais pourquoi donc êtes-vous agrégé de physique ?

- Ah c'était dans ma vie d'avant. Depuis mon adolescence, je me suis passionné pour tous ces sujets. En entrant au lycée, j'ai eu la chance de rencontrer un professeur exceptionnel qui m'a donné l'envie de me destiner à devenir physicien. Je suis littéralement tombé amoureux de la matière. Je lisais tout ce qui me tombait sous la main. C'est ainsi que j'ai choisi plus tard de faire des études de physique pour devenir professeur, puis j'ai enseigné quelques années. Mais l'appel de Dieu a été plus fort.

- Mais la science ne vous a pas détourné de la religion ?

- Non, bien au contraire ! C'est la science qui m'a converti. On sait que la matière n'est pas éternelle, que notre univers est apparu à un moment donné, et qu'il va disparaître un jour. Les lois de l'infiniment grand et de l'infiniment petits sont intelligibles et ordonnées. Il n'y a pas plus de place pour le hasard dans les lois du cosmos que dans une enquête de police. « Dieu ne joue pas aux dés avec l'Univers » nous disait Einstein. Je crois, moi aussi, qu'entre le Big Bang et la mort thermique de l'Univers, Dieu ne joue pas aux dés avec nos vies.

Amanda resta silencieuse un moment. On aurait dit qu'elle méditait les paroles du prêtre de façon à mettre de l'ordre dans ses idées.

- Admettons que l'Univers soit créé, car il est apparu et il va disparaître. D'accord ! Il lui faut une origine. D'accord ! Admettons que cette origine soit véritablement un esprit supérieur, une sorte de grand horloger. D'accord ! D'accord ! Mais l'être humain dans tout ça ? Que sommes-nous au beau milieu de l'infini ? Des singes évolués ni plus ni moins !

- C'est vrai qu'il suffit parfois de regarder autour de nous pour constater que les humains se comportent souvent comme des singes, ce qui, convenez-en, est loin d'être un compliment pour ces malheureux primates.

- Vous admettez que nous descendons du singe ?

- Nous tombons même de l'arbre, ajouta le prêtre avec une pointe d'ironie, de l'arbre du Jardin d'Eden. Je ne peux pas nier qu'il existe des liens entre Sapiens et hominidés dans la longue chaîne de l'évolution. Mais qu'importe le moment où Dieu intervient, car s'Il intervient pour créer l'Univers, Il fait de même pour créer l'être humain. Rien ne lui est impossible. Dans la Bible, le récit magnifique d'Adam et Eve a éclairé des générations de croyants. Il semble bien que le Big Bang ne se soit pas déroulé en six jours, ainsi qu'il est dit dans la Genèse. Il serait plutôt une sorte de déploiement magnifiquement planifié sur des milliers d'années. Mais en quoi ça peut changer le principe de notre Création ? Quant au sujet de notre place, je crois que l'humain est fait à l'image de Dieu, avant la chute originelle.

- Mais ce sont des fables.
- Pour vous ce sont des fables. Mais à y réfléchir, l'esprit de ces récits ne s'opposent en rien aux découvertes scientifiques. Pour le dire d'une autre façon, ce n'est pas parce que personne à ce jour n'est en mesure de prouver leur existence qu'Adam et Eve n'ont pas existé.
- Joli sophisme !
- Non, je vous assure. Si vous méditez le sens profond de la Création, avec l'apparition de l'être humain, comme le chef d'œuvre de cette belle aventure, vous parviendrez peut-être à déchiffrer de nombreuses lois dissimulées dans la Nature.

Amanda examinait le père Brun non sans perplexité. Ses yeux étaient pleins d'un curieux mélange d'empathie et de dissensus, offrant à l'ovale parfait de son visage l'ombre d'un léger froncement, qui exprimait à coup sûr moins de dépit que de désolation.

- A vrai dire, je n'ai aucune envie de vous contredire, mais je n'y crois pas. Vous savez, j'aurais l'impression de perdre ma liberté.
- La Foi est une histoire d'Amour, elle n'est pas une prison !
- C'est bien la première fois que je parle de ces choses avec quelqu'un comme vous.

«Mieux vaut être le roi de son silence que l'esclave de ses paroles ». Le prêtre s'était tu, pour marquer un signe de respect à l'égard d'Amanda, se remémorant la phrase si juste de Shakespeare. Il savait bien qu'elle n'était pas venue chercher une leçon de catéchisme. Son aisance à conduire les âmes lui enseignait à ne jamais brusquer une conscience. Le temps de Dieu n'était pas celui des hommes. Une graine semée au bord du chemin pouvait germer un jour et donner de beaux fruits.

Il observa la jeune femme. Qui était-elle au fond ? Sa beauté n'éclipsait pas sa vivacité d'esprit. Il se demanda ce qu'elle était venue lui annoncer car il réalisa soudain qu'elle n'avait pas pipé mot de l'enquête. Mais au moment même où il allait lui poser la question, le smartphone d'Amanda se mit à sonner.

- Excusez-moi, je dois répondre.
- Mais je vous en prie, fit le franciscain en se tournant du côté de sa bibliothèque.
- Allô ?
- ...
- Oui, c'est moi ! Que se passe-t-il ?

Sa voix semblait brisée par l'émotion. On aurait dit que la jeune femme était écrasée par le désir d'apprendre quelque chose qui risquait de la foudroyer.

- Est-ce que c'est grave ?
Le visage d'Amanda était devenu blanc.

- J'arrive tout de suite !

Elle raccrocha sans un regard pour le père et se dirigea vers la porte, visiblement troublée, puis, promptement, elle se retourna vers lui.
- Je dois partir. C'est une urgence !

Le prêtre fit un signe d'acquiescement, et l'accompagna vers la sortie, comprenant que le métier de policier peut réserver des surprises à tout moment.

Elle ouvrit la porte du presbytère mais, une fois le seuil franchi, se retourna pour lui lancer :
- Au fait, j'ai un problème avec la liste !

Chapitre 6

La *1ère Sonate* de Rachmaninov saturait la pièce non sans une pointe de nostalgie. Le père Brun buvait un grand bol de thé russe, faisant chanter le samovar de son trisaïeul, qui avait servi en Crimée, quand on sonna à sa porte. C'était Amanda, mais une Amanda modifiée, illuminée de l'intérieur par une joie intime. A sa main, une petite fille, toute blonde elle aussi.

- Oh ! s'écria le père Brun, visiblement très ému de contempler ce bel enfant.

Il se mit accroupi devant elle.

- Comment t'appelles-tu jolie princesse ?

- Lisa, répondit-elle du tac au tac, ouvrant ses grands yeux bleus sur le prêtre.

- Elle a fait une chute, et l'école a préféré m'appeler en urgence. Rien de grave, mais je la garde avec moi. Je crois qu'elle a besoin d'être avec sa maman.

La voix d'Amanda résonnait encore qu'il s'était déjà redressé pour planter son regard vif dans celui de la jeune femme.

- C'est votre fille ?

A l'évidence il savait la réponse mais il voulait entendre l'aveu dans la bouche même de la mère.

- Oui, répondit-elle, tremblante et fière.

- Viens Lisa, ajouta le père en prenant sa petite main. Ils entrèrent dans son bureau, puis il ouvrit une porte qui donnait sur une grande pièce remplie de jouets. J'ai l'habitude ici de recevoir des familles. Les enfants peuvent jouer pendant que les parents se confient.

Lisa avait immédiatement jeté son dévolu sur une poupée indienne, engageant aussitôt avec elle une conversation qui semblait ancienne.

- Alors cette liste ? interrogea le père une fois qu'ils se furent assis chacun d'un côté de la table de son bureau.

- C'est assez simple. Je ne trouve aucun lien avec Frédéric Maupin. Il y a bien quatre ou cinq clients ici ou là. Mais ils ont acheté, il y a plusieurs années, qui un meuble qui un tableau, et n'ont rien acquis par la suite. On ne peut pas dire, dans ces conditions, qu'il existe un lien de nature à créer une suspicion. En clair, la liste des invités ne nous apprend rien.

Le père Brun médita en silence. La petite voix de Lisa chantonnait dans la pièce d'à côté versant dans les âmes un murmure bienveillant, comme avait fait auparavant l'eau effervescente du samovar. Aucun des deux ne manifestait le désir de rompre ce silence où tintait, ainsi que la promesse d'un autre monde, la voix de cristal d'une enfant qui jouait avec toute la ferveur des cœurs innocents.

- Pas de lien avec la liste, murmura-t-il les yeux dans le vague. Il faut donc chercher sur un autre chemin. Pourquoi le manoir et pourquoi le troisième étage ?

- Pour pousser Maupin par la fenêtre !

- Attendez un instant ! Qui était capable de pousser un gaillard comme Maupin ?

- Un autre gaillard, évidemment !

- Que voulez-vous dire ?

- Que ce n'est pas une femme qui aurait pu le pousser.

- Ah bon ? Et pourquoi donc ? demanda le père Brun, en arrondissant des yeux malicieux.

- Mais voyons, c'est facile à comprendre ! Maupin était bien bâti. Aucune femme n'aurait eu la force de le refouler.

- Mon Dieu, s'écria le père, je vous laisse la responsabilité de ces propos sexistes ! Non mais imaginez un seul instant qu'un prêtre de la Sainte Eglise Catholique Romaine ait émis une telle observation…

Amanda examina son interlocuteur qui se mordait au coin des lèvres pour ne pas sourire.

- Ecoutez, mon révérend, je suis féministe mais pas idiote. Je sais bien que les hommes et les femmes sont différents. Et c'est justement pour cette raison que je réclame l'égalité.

- « Homme et femme Il les créa » souffla le prêtre sur un ton qui était aussi drôle que solennel.

- Alors nous sommes d'accord !

- Bien. Orientons donc nos recherches du côté d'un homme ! Mais pourquoi un homme a-t-il jeté ce pauvre antiquaire depuis le troisième étage du manoir ?

- Pour le tuer !

- Mais justement. Si j'avais en tête de tuer quelqu'un (Dieu me pardonne !) je suppose que je m'y prendrais tout-à-fait autrement, parce que son agresseur, en définitive, n'était pas certain de son résultat. On peut survivre à ce type de chute !

- Vous voulez dire que l'acte n'était pas prémédité ?

- Disons que c'était peut-être la conséquence d'une dispute, qui aurait éclaté, là soudain, au troisième étage du manoir.

- Une dispute ?

- Oui, avec quelqu'un qui n'est pas invité au mariage, et qui a donc de bonnes raisons de se cacher dans le manoir.

Amanda clignait des yeux, visiblement sous l'emprise d'une idée nouvelle.

- Une dispute d'amoureux ?

Le père Brun se figea net.

- Vous croyez que Maupin préférait les hommes ?

- Aucune idée, mais c'est une piste qui mérite d'être explorée.

- Vous avez raison.

A ce moment, la petite silhouette de Lisa apparut dans l'embrasure de la porte.

- Je vais vous laisser travailler, Lisa est fatiguée. Viens ma chérie nous allons rentrer.

Amanda se leva et jeta un œil sur la table de travail du franciscain.

- *Le Génie du Christianisme*. Vous lisez ce genre de livre ?

Le père Brun se mit à sourire tandis que Lisa grimpait dans les bras de sa mère.

- Chateaubriand est un immense écrivain vous savez. Nous lui devons beaucoup pour le renouveau intellectuel de la France après les années noires de la Révolution.

- Si vous le dites, répondit Amanda peu convaincue.

- Et puis, je vais vous faire un aveu. Je suis son parent du côté de ma mère. Alors, je suis obligé d'étudier les gloires de la famille.

- Vous êtes Breton ? s'exclama la jeune femme, avec une forme de dureté dans la voix qui fit sursauter Lisa.

- Oui, je vis en terre d'exil, bien décidé à convertir tous les Vikings que Dieu m'enverra.

Chapitre 7

Pendant les jours qui suivirent, le père Brun se dévoua sans compter au service de sa paroisse. C'était un curé très apprécié de tous. Son visage affichait les signes de la bonté, de l'énergie et de la culture. Une sorte de lumière d'intelligence lui conférait la distinction propre aux êtres d'exception. C'est pourquoi l'extrême douceur de ses manières, si délicatement mêlées à son authentique humilité, le faisait-elle aimer de tous avec bienveillance et admiration.

Aux enterrements succédaient toujours les baptêmes, ainsi que les messes du dimanche. Sous les voûtes romanes de la magnifique collégiale de Donville-sur-mer, ensoleillée par son admirable chœur gothique normand, le moine aimait donner du faste aux cérémonies. Chasubles tissées de soie, objets sacrés du mystère, volutes d'encens, de même la petite chorale qu'il avait formée, tout contribuait à enluminer ses messes d'une splendeur antique, tant et si bien qu'on se pressait depuis les villages voisins pour venir assister aux célébrations du franciscain.

Mais l'œuvre la plus remarquée du père était son service aux pauvres des environs. Il savait ouvrir le portefeuille avec le cœur de ses nombreux paroissiens pour mieux les persuader de soutenir ses bonnes œuvres de charité. Survenait une difficulté, on allait frapper jour et nuit à la porte du presbytère, parce que tout le monde savait sa bonté généreuse. Entre les offices, la chorale, ses sermons et ses œuvres, on pouvait bien se demander comment il trouvait encore le temps de lire, car il possédait une grande bibliothèque, héritée de son grand-père, un fonds à faire pâlir les bibliophiles les plus avertis. Et non content de posséder un tel trésor, qu'il offrait au service de la paroisse, il y puisait, sans relâche, à travers ses vastes lectures, afin d'irriguer chacune de ses homélies.

On touchait à la fin de l'été, bientôt près de ce moment où les vacanciers se repliaient les uns après les autres, et le père Brun n'avait reçu aucune nouvelle d'Amanda. De temps en temps il songeait à l'enquête, d'un air distrait, tant ses activités incessantes absorbaient l'ensemble de son énergie. D'un certain côté, s'amusait-il à considérer, si elle ne me contacte pas, c'est qu'Amanda n'a aucun besoin de moi. La Palice lui-même n'aurait pas envisagé autrement une telle situation.

C'était un beau jour de fin d'été, plus précisément un mercredi midi, jour où il jeûnait avec le vendredi, selon la tradition des églises orientales. Il attrapait une gourde d'eau et un bon morceau de pain, puis il s'en allait grimper sur les hauteurs de Donville pour admirer la mer en disant son chapelet, tandis qu'il mordait dans sa miche. Après quoi, il marchait en lisant pour élever son âme, joignant à la méditation de ses lectures, la contemplation de l'océan. Il s'était plongé avec Durtal dans *La Cathédrale* de J.K. Huysmans, quand il entendit tout près de lui une voix bien étrange qui l'apostrophait. Il faisait encore beau, mais la voix bien étrange qui s'adressait à lui était enfermée dans un drôle de corps enveloppé d'un vieil imperméable informe et délavé.

- On m'a dit que je vous trouverai ici.

Le moine avait reconnu Dubois, qui haletait, suant, passablement essoufflé par l'effort lui ayant permis de grimper jusque-là.

- J'avais deux ou trois points à vérifier avec vous, ajouta-t-il sur le ton d'un homme qui cherche à se grandir.
- C'est Amanda qui vous envoie ?
- Non, elle s'est cassé la cheville, et j'ai repris l'enquête.
- Cassé la cheville ?
- Oui, il y a plusieurs jours.
- Et comment va-t-elle ?

- Plutôt bien, elle se repose.

Dubois déblatéra quelques platitudes au sujet de l'enquête, mais le franciscain l'écoutait d'une oreille lointaine. A peine était-il reparti qu'il s'interrogea pour savoir ce qu'il était venu chercher. Alors, le prêtre sortit son téléphone pour appeler Amanda.
- Allô ?
- Ah, bonjour mon révérend !
- J'ai appris que vous étiez blessée.
- Rien de grave. Je suis sottement tombée dans l'escalier du commissariat.
- Quelle idée !
- Mais vous aviez raison. On ne meurt pas à toutes les chutes.
- Je comprends mieux pourquoi l'enquête patine.
- Attendez un peu ! A partir de demain je peux retourner au bureau avec des béquilles.
- Ah tant mieux ! Mais, dites-moi, vous n'avez besoin de rien ? Vos courses ? L'école de Lisa ? Je peux vous aider…
- Merci, c'est vraiment gentil. Mais j'ai une voisine adorable qui s'occupe très bien de moi. Vous savez, en Normandie, on est solidaire !
- Alléluia !

Alors le père Brun poursuivit sa promenade méditative sur les hauteurs de Donville. Elle lui avait proposé de passer le lendemain pour faire un point à son bureau. Mais son esprit était déjà reparti sous les immenses voûtes séculaires de la cathédrale de Chartres, en étrange compagnie de Durtal, le héros tourmenté de Huysmans et, levant les yeux du côté de l'horizon, il comprit que la puissance de Dieu pouvait se manifester partout avec autant d'éclat, à travers tous ces mots alignés sur une page immaculée, pour lier le visible à l'invisible, et dans cette ligne pure qui unissait, là-bas, le Ciel avec la Terre.

Chapitre 8

Le bureau d'Amanda restait encombré de nombreux dossiers. D'habitude la jeune femme faisait preuve d'un sens aiguisé de l'ordre et du rangement, mais son absence, causée par le bris de sa cheville, n'avait pas manqué de provoquer un gisement de paperasse qui avait poussé de façon excentrique et anarchique, comme font les herbes folles au beau milieu d'un jardin non cultivé. En entrant, le père Brun avait noté la mine fatiguée de la jeune policière mais, à l'apparition du prêtre, une petite lumière ardente s'était allumée au fond de ses grands yeux, annonçant tout à la fois sa liesse de le revoir et son appétit de travailler avec lui.

- Alors quelles nouvelles ?
- Pas grand-chose, lui rétorqua-t-elle, en entassant les dossiers sur un côté de son bureau.
- Ah ? fit le religieux avec un petit sourire amusé. De mon côté, j'ai du nouveau, ajouta-t-il sur un ton désinvolte, propre à exacerber la curiosité de son interlocutrice.
- Que voulez-vous dire ?

- Je crois que l'hypothèse de la querelle amoureuse tombe à l'eau.
- Et pourquoi donc ?
- Je me suis renseigné sur les mœurs de Frédéric Maupin. Ne me demandez pas ni où ni comment ! Sachez seulement que je ne trahis aucun secret de confession ! D'ailleurs, tout ce que je vais vous apprendre est facile à vérifier.

Amanda béait des yeux ronds comme les planètes qui tournoient autour du soleil.
- Je vous écoute.
- Maupin n'était pas attiré par les hommes et il n'a connu qu'un seul grand amour dans sa vie. Juliette de Brécourt. Elle s'est mariée plus tard avec un autre.
- Et c'est tout ?

Le visage du père était un peu embarrassé, mais après un effort de domination, prouvant sa grande maîtrise de soi, il reprit avec une voix sourde :
- Maupin souffrait d'hypospadias.

Les yeux d'Amanda s'arrondissaient de plus en plus.
- De quoi ?
- D'hypospadias.
- Mais qu'est-ce que ça veut dire ?
- Du grec *hypo* qui signifie dessous et de *spadon* pour fissure.
- Fissure du dessous ? Vous ne pourriez pas m'expliquer en langage normal ?

- Autrement dit, le malheureux souffrait d'une déformation de la verge qui lui interdisait tout rapport physique.

A cet instant, le visage d'Amanda se couvrit d'une grimace qui pouvait aussi bien signifier le dégoût que la pitié.

- C'est peut-être pourquoi il s'est réfugié dans l'amour des objets d'art en cultivant toute sa vie le souvenir idéalisé de Juliette.

La moue d'Amanda interrompit le prêtre qui reprit sur un ton contrarié :
- Oui, je sais. Je ne voudrais pas pontifier avec mon freudisme de comptoir, mais ce que je vous ai révélé est facile à contrôler auprès de son médecin, et sûrement inscrit quelque part dans un dossier médical.

- Très bien, nous allons vérifier. Je vous remercie.

Et après un soupir qui exprimait autant de fatalisme que de découragement.
- Encore une piste qui se ferme ! Force est de constater que cette enquête se refuse à nous. Je ne sais plus dans quel sens il faut chercher…
- Revenir au lieu du crime ! Passer le manoir et ses habitués au peigne fin. Je ne vois pas d'autre solution.

Amanda fixa le moine avec stupeur. Elle restait toujours ébahie par la simplicité de son solide bon sens. Il y avait chez cet homme un habile mélange inexplicable de mystique et de rationalité.

Non, Amanda, vraiment, n'avait jamais rencontré un tel personnage. Et puis, elle était sensible à sa bonté, à sa douceur, à toutes ses manières, mais cette forme d'attache n'était pas de l'ordre de la séduction. C'était quelque chose d'inconnu dans son âme, un élan de dilection qui oscillait entre l'admiration et la fraternité.
- Mais oui, bon sang ! Vous avez raison. Nous n'avons pas assez creusé dans ce sens-là. Je vais m'attaquer sans tarder à ce manoir.

Le franciscain s'amusait devant la joyeuse exaspération d'Amanda écumant à la surface de son être, comme les petites tâches de mousse, là-bas, qui dansaient par la fenêtre à la cime des vagues.

Deux jours plus tard, sous un ciel triste et pluvieux, le père reçut la visite d'Amanda, qui s'était fait déposer par Dubois.
- Nous avons procédé aux vérifications. Je vous félicite pour la qualité de vos informations parce que Maupin était bien atteint du mal que vous avez décrit. Il souffrait d'hypospadias et il semble en effet qu'il soit resté fidèle à Juliette ou à son souvenir. Aucun homme à l'horizon. Cette piste est donc abandonnée.

Le père écoutait religieusement l'exposé d'Amanda, non sans montrer qu'il cherchait à comprendre si tous les éléments, les uns après les autres, avaient été fouillés.

- Quant aux habitués du manoir, on en a compté cinq. Le couple de propriétaires, qui se trouvait dans la cuisine avec le traiteur pendant les faits. Donc ces deux-là sont hors de cause. Reste les trois autres suspects: le jardinier, la comptable et le majordome. Le jardinier était en congés toute la semaine, et, ce jour-là, au cinéma à Deauville, on a vérifié son ticket, acquitté en carte bancaire. La comptable ne travaillait pas. Elle était à la plage en famille. Quant au majordome il servait au mariage avec le traiteur. Bref, les cinq habitués sont hors de tout soupçon.

Le père Brun secouait la tête de gauche et de droite, mais ne disait mot.
- Je vous avoue que je ne sais plus quoi faire. Je m'arrache les cheveux !
Il avisa que ses cheveux étaient toujours aussi beaux, et proféra deux ou trois paroles de réconfort, qui eurent pour seul effet d'agacer la jeune femme.
- Mais enfin, c'est ridicule ! Il doit bien y avoir quelqu'un qui a poussé ce maudit cadavre ! Et pourquoi on ne trouve pas ? Je n'ai jamais vu une enquête aussi nulle !
Les yeux noirs d'Amanda s'étaient posés sur le franciscain qui comprit alors que, de la même façon qu'un astre pouvait modifier sa direction dans l'atmosphère en raison de la puissance de ses rayons lumineux, cette colère se réfractait désormais vers lui.

Cette fois, il se tut.

Un silence pesant les séparait autant qu'il les réunissait. Mais Amanda se reprit assez vite.

- Excusez-moi, je ne sais plus ce que je dis. Et puis cette cheville… Tout ça me fatigue.

- Vous êtes tout excusée. Reposez-vous. Prenez du temps avec Lisa. De mon côté, je vais prier pour vous.

Amanda n'osa pas lui répondre qu'elle se moquait éperdument de ses prières. Elle se leva tant bien que mal et, en clopinant, elle rejoignit Dubois qui patientait dans la voiture. Là, sur le seuil, elle se retourna :

- Dites-moi franchement, mon révérend, vous n'êtes jamais découragé ?

Le père lui offrit son plus beau sourire sur une dentition propre et d'un blanc éclatant.

- Si, tous les matins, quand je me brosse les dents. Mais le dentifrice finit par gagner !

Chapitre 9

Le père Brun avait maintenant terminé ses confessions, déambulant avec piété sous les voûtes romanes pour lire son bréviaire. Arrivé près de la statue de Sainte Thérèse de Lisieux, à côté d'un pilier du transept sud, il distingua la silhouette d'une femme qui se tenait là debout sans bouger. Ayant aussitôt reconnu les traits - ainsi que les béquilles - d'Amanda, il se retint de l'approcher, quand elle dirigea vers lui sa tête, pour faire un salut.

Survenu près d'elle, il entrevit ses grands yeux colorés par la lumière diffuse des cierges.
- Il y a toujours des bougies pour elle, souffla-t-elle à mi-voix.
- Il faut bien honorer sa voisine, répondit le père en souriant.
- Elle, je la respecte. Je suis fan d'Edith Piaf, et je sais que la chanteuse avait une réelle dévotion pour Sainte Thérèse.
- Oui, ses yeux ont été guéris dans sa petite enfance, après des prières à la sainte.

Amanda leva ses prunelles vers les voûtes pour admirer la beauté des lieux. La pénombre qui tombait des pierres en berceau ajoutait un ton de mystère à la sacralité de l'édifice. Enluminé par le bouquet chaleureux des petites flammes, dansant par-dessus les cierges, son visage scintillait au beau milieu des ténèbres, avec de beaux éclats fauves et ambrés, comme les joyaux des tiares des *basileus*, des diadèmes des reines antiques, parmi les reflets sublimes et mordorés des mosaïques de Ravenne.

- Dommage que tout ça soit faux, lâcha-t-elle dans un soupir étrange.
- Si tout est faux, quel mal faisons-nous ? Et si tout est vrai, nous ne faisons que du bien.

Elle était toujours surprise par l'étonnante facilité avec laquelle il répondait à ses doutes.
- Une autre version du pari de Pascal ?
- Etes-vous venue jusqu'ici pour parler de métaphysique ?
- Non, j'ai du nouveau.
- Alors, suivez-moi, nous serons mieux dans mon bureau.

A peine étaient-ils assis qu'elle exprima une fois encore son admiration :
- C'est vraiment une belle église.
- Oui, je dois avouer que j'ai beaucoup de chance.
- Et ce mélange du roman et du gothique.

- Oui, le mariage subtil du masculin et du féminin, de l'Ancien et du Nouveau Testament.
- Vous êtes sérieux ?
- Bien sûr. Savez-vous qu'on s'est moqué beaucoup de Chateaubriand, ajouta-t-il le doigt tendu vers le *Génie du Christianisme*. Il est vrai que l'apparition du gothique est un mystère qui ne peut se résoudre à une simple question de science physique, et de résistance aux lois de la gravitation. Ce concours d'élévation des voûtes qui secoua l'Europe médiévale avec la surgie de l'arc boutant, mais aussi de l'ogive brisée, a peut-être une explication simple et religieuse. Sur ce point, je donne raison à Chateaubriand qui estimait que des moines avaient découvert un jour que la solidité de leurs voûtes seraient mieux assurée par la forme en mitre de l'ogive. La mitre que portent les évêques, ce casque de défense du Salut, qui orne leur front, ainsi armé des deux cornes des deux Testaments, afin de mieux défendre la Vérité contre les ennemis de la Foi.

Amanda ne savait pas quoi répondre à un tel panégyrique.
- Mais je sais que vous n'êtes pas venue ici pour discuter d'Art Sacré.
- Non, répondit-elle le plus sérieusement du monde, avec une pointe d'émerveillement.
- Dites-moi tout.
- Voilà, j'ai cuisiné le majordome et le jardinier. Il se trouve que, parmi le personnel du

traiteur, personne n'a vu le majordome au moment des faits. Il prétend qu'il était parti aux toilettes, puis qu'il a fumé une cigarette. Tout ceci étant évidemment invérifiable.

- Oui, je vois.

- Quant au jardinier, il affirme qu'il était au cinéma, mais qu'il y était seul. Il a pu quitter la salle à tout moment. Vous comprenez que nous tenons deux suspects.

- Oui, je comprends.

- Mais ce n'est pas tout. Dubois, a épluché la liste des clients de Maupin. Il a trouvé deux autres suspects, qui étaient fâchés avec lui et se trouvaient aussi dans les environs de Donville ce jour-là, sans pouvoir justifier de leur emploi du temps.

- Donc ça fait nous fait quatre suspects ?

- Oui, si un cinquième ne nous tombe pas du ciel. Plus rien ne me surprendrait.

- Reste à déterminer les mobiles.

- Oui, c'est pour ça que je viens vous voir.

- Ah, que puis-je pour vous ?

- C'est vous qui avez célébré les obsèques de Maupin ?

- Non, j'ai participé aux funérailles, mais c'est le curé de Deauville qui célébrait.

- Tant pis, ça ne change pas grand-chose. Je voulais vous montrer la photo des suspects et savoir si, d'une part, ils étaient présents, à la cérémonie des obsèques et, d'autre part, si vous connaissez l'un d'entre eux.

Amanda avait étalé quatre photos sur le bureau du prêtre. Il examina chacune d'entre elle avec gravité. Puis déclara :

- Oui, je reconnais les gens du manoir, le majordome et le jardinier. Ils étaient bien là aux funérailles. Je ne peux pas vraiment dire que je les connaisse. Ils ne fréquentent guère la paroisse. Et je n'ai jamais eu l'occasion de discuter avec eux.

- Et pour les deux autres ?

- Est-ce que je peux avancer que je reconnais ces visages. Etaient-ils aux obsèques ? Peut-être, mais je n'en ai aucune idée. Qui sont-ils ?

- Ce sont deux parisiens qui possèdent une maison dans la région. Et chacun gardait un grief contre Maupin, pour des histoires d'objets vendus en salle des ventes.

- Mais tout ceci est bien maigre. On ne peut accuser aucun des quatre pour le moment.

- Je sais bien, vous avez raison. Mais j'ai besoin de creuser ces quatre pistes. C'est tout ce que j'ai à étudier.

- *Avec cent lapins on ne fabriquera jamais un cheval, avec cent soupçons, on ne fabriquera jamais une preuve.*

- Que murmurez-vous ?

- Rien, je me comprends.

Alors le moine se leva, et déclara sur un ton candide et néanmoins appuyé :

- En pressant le bon raisin, vous trouverez le bon vin.

Chapitre 10

Il était encore tôt lorsqu'on vint sonner à la porte du presbytère. Le lieutenant Lemercier se tenait debout sur ses béquilles avec sa fille Lisa à côté d'elle.

- Quelle surprise ! fit le père ravi de revoir la petite fille.

- Bonjour mon révérend. Je suis désolée mais je n'ai pas eu le temps de vous appeler. Il y a une épidémie de varicelle à l'école et ils ne peuvent pas la prendre en classe. Est-ce que vous pouvez me dépanner, s'il vous plait ? Dubois m'attend dans la voiture.

- Oui, pas de souci. Je vais la confier à la famille Merlin. Ils ont cinq enfants et se feront une joie d'accueillir Lisa.

- Ah vous me sauvez la vie !

- Mais non, il y a toujours des solutions.

Amanda fit entrer Lisa, tandis que le père appelait chez les Merlin.

- Voilà, tout est arrangé. Ils vont venir la chercher dans dix minutes.

- Merci infiniment !

Les yeux de la jeune femme brillaient de joie. Elle était vraiment belle quand elle était avec sa fille, plus belle qu'aux autres moments. Son allure moderne et dégagée ajoutait un brin de liberté dans toute sa personne, au point de la rendre encore plus captivante.

- Ce matin j'ai les auditions des gens du manoir : le majordome et le jardinier. Il se peut que je déclenche des gardes à vue.

- Ah je comprends ! répondit le père Brun d'une voix distraite.

Elle scruta le prêtre qui jouait avec Lisa. On voyait qu'il était heureux dès qu'il avait l'occasion de s'amuser avec un enfant. En plus, son physique, son visage de philosophe grec offraient un contraste poignant avec la légèreté de ces babillages. Son être tout entier, fait de puissance et de gravité, demeurait absorbé par la belle énergie que déployait l'enfant à travers ses menus batifolages, ses grandes cascades de rire. Amanda fut surprise de voir sa fille dans ce bel état d'égaiement de si tôt matin, mais elle n'eut guère loisir de contempler cette scène heureuse plus avant, parce qu'elle devait filer au commissariat pour préparer ses auditions.

- Je vous appellerai ce soir avant de venir la récupérer. Dites aux Merlin que je paierai ce que je dois.

- Ne vous en faites pas, et allez en paix !

La journée fut plutôt calme. Juste après le déjeuner, le père s'était plongé dans les œuvres d'Evagre le Pontique pour préparer son homélie du dimanche. Il appréciait beaucoup les écrits de ce moine qui vécut dans le désert d'Egypte sous l'Antiquité, le père du fameux « démon de midi », cette image si forte pour décrire l'acédie. Il fut le premier à schématiser l'ascétisme chrétien, non sans douceur, ni sans humanité. En lui, notre moine franciscain, tout baigné de ferveur, puisait sa propre mystique car, non content d'être un intellectuel moderne et scientifique, il se plaisait à explorer les idées des penseurs antiques. « La Vérité, aimait-il à répéter, n'est pas une donnée quantique, elle ne prend pas sa source dans la théorie si brillante de la relativité et elle échappe totalement aux lois de la gravitation universelle ». Il était en train d'éplucher les raisons pour lesquelles Evagre dissocie l'apathie de l'impassibilité stoïcienne, quand son téléphone sonna, précisément pour le mettre à l'épreuve même des théories d'Evagre.

- Allô mon père ?
- Oui ?
- C'est madame Merlin. Venez vite, il est arrivé une chose épouvantable !

Dans la voiture qui l'emmenait en toute hâte vers la maison des Merlin, il répétait avec force et vigueur : *Ave Maria*, cependant que le rythme de son cœur s'accélérait à mesure qu'il approchait.

Lorsqu'il repéra la camionnette rouge des pompiers devant la maison des Merlin, il eut un serrement de cœur, mais il se précipita vers la porte en continuant de prier.

Les pompiers avaient installé Lisa sur un brancard. Elle ne bougeait pas, ses yeux étaient fermés, sa bouche couverte d'un masque relié à une bonbonne d'oxygène. A peine fût-elle emmenée, que Madame Merlin se répandit en une quantité de phrases incertaines et saccadées.

- C'est affreux ! Affreux ! Affreux ! Elle jouait au jardin. Avec les enfants. Oui, je leur avais défendu, oui, *dé-fen-du*, de grimper là-bas dans le cerisier. Mon Dieu, le cerisier ! Oui, affreux, la tête la première. Elle est tombée la tête la première. Et depuis elle ne se réveille pas. Je suis brisée, oui, brisée, brisée, brisée…

Le père tenta de la consoler, mais il savait que son devoir était ailleurs, et il sortit dans le jardin pour appeler Amanda.

- Allô Amanda ?

- Ah, vous tombez bien, je voulais vous appeler.

- Ecoutez Amanda, il est arrivé une chose épouvantable.

- Lisa ?

- Oui, elle est tombée d'un arbre. Elle est vivante, mais ne s'est pas réveillée.
- …
- Les pompiers viennent de l'emmener au CHU de Caen.
- …
- Allô Amanda ?
- Ne m'adressez plus la parole. Je ne veux plus jamais vous entendre !
Et elle raccrocha.

Madame Merlin pleurait.
Les enfants restaient figés.
Le père Brun ne savait plus quoi dire.

Il fonça vers l'église pour se prosterner devant l'autel de la Vierge, dernier refuge des pécheurs. Puis, après quelques minutes, il entra dans la sacristie pour appeler quelques proches et leur demander d'organiser une grande chaîne de prière, avant de retourner dans la collégiale. C'est à ce moment, qu'il aperçut, dans un halo de douce luminosité, la statue de Sainte Thérèse de Lisieux, et qu'il eut envie de se diriger vers l'endroit où il avait parlé avec Amanda. Il se rappela ses mots :

- Elle, je la respecte. Je suis fan d'Edith Piaf, et je sais que la chanteuse avait une réelle dévotion pour Sainte Thérèse.

Alors, une idée germa dans son esprit, et il rentra au presbytère pour terminer de fignoler son homélie et mettre ses affaires en ordre.

Le soir, ayant pris des nouvelles de Lisa auprès du CHU, et saisissant que son état était très grave, il se mit à prier à genoux, puis il se coucha tôt et, déposant tous ses soucis comme un tapis de fleurs sur le sein de la providence, il s'endormit du sommeil du juste.

Chapitre 11

Levé tôt, le moine franciscain avait appelé le CHU. Lisa gisait dans un coma profond, victime d'un hématome important au cerveau. Sa vie était en danger. L'accumulation de sang entre la dure-mère et l'os du crâne avait provoqué une forte compression latérale du cerveau, avec un grand risque de décès si l'hématome, dans les heures à venir, se mettait à prospérer.

Sa situation n'était pas rassurante, car elle pouvait garder des séquelles en cas de réveil, des problèmes de langage ou de motricité. Sa vie était brisée. Elle ne serait plus jamais la petite fille joyeuse qui s'amusait avec le prêtre.

Après avoir dit sa messe, le père Brun envoya le texto suivant :

Chère Amanda,
Je pars ce matin à pied à Lisieux pour la guérison de Lisa. Je passerai la nuit devant la châsse de la Sainte. Que Dieu vous exauce !

Et muni de son bâton de pèlerin, il partit nu-pied sur la route.

Comme avant lui les saints, les papes, les empereurs, les rois, les reines, les moines, les dames, les chevaliers, les artisans, les paysans, et les chrétiens les plus humbles, il marchait en priant sur les routes de France.

Muni d'un simple froc, une corde à nœud pour ceinture, les pieds dépouillés, il se trouvait dans le plus simple dénuement.

Avec la peau de ses pieds, il se reliait aux forces telluriques, ces courants électriques qui circulaient dans le sol, et dont le magnétisme traduisait, à ses yeux, une autre manifestation de la puissance du Créateur.

Tel Moïse, enlevant ses sandales devant le Buisson ardent, il aimait ressentir le contact de la Terre-mère sur ses plantes.

Il se rappelait qu'en Inde, les pieds des sages étaient vénérés comme les membres par lesquels la grâce divine se montrait la plus susceptible de se transmettre au reste du corps.

« Ne pense pas toujours à la boue de tes pieds » dit Péguy dans *Le Mystère de la charité de Jeanne d'Arc*.

Le Christ Lui-même n'avait-Il pas nettoyé les pieds de ses apôtres avant la Cène ?

Toutes ces pensées vagabondaient dans son esprit tandis qu'il marchait, chantant son chapelet, pèlerin de la Foi par les pieds.

Quelques fois, une voiture s'arrêtait. Un paroissien, ou un inconnu, proposait de monter, mais il refusait, obstinément.

Toute la journée, il marcha et il chanta.
La Nature, en cette fin d'été, généreuse et orante, était encore en fête. Partout, il posait un regard de louange, en murmurant ces paroles de Saint Matthieu :

« Regardez les oiseaux, ils ne sèment ni ne moissonnent, ils n'amassent pas de récoltes dans des greniers, mais votre Père qui est aux cieux les nourrit. Ne valez-vous pas mieux que les oiseaux ? »

Malgré la tragédie qui le conduisait sur la route de Lisieux, il se sentait libre et léger.

« Qui d'entre vous parvient à prolonger un peu la durée de sa vie par le souci qu'il se fait ? Et pourquoi vous inquiétez-vous au sujet des vêtements ? »

Ces paroles, il les avait méditées cent fois et plus, mais aujourd'hui, pour la première fois de sa vie, elles coulaient dans son cœur comme le miel et le lait sous la langue de la fiancée.

« Observez comment poussent les fleurs des champs : elles ne travaillent pas, elles ne se font pas de vêtements. Pourtant, je vous le dis, même

Salomon, avec toute sa richesse, n'a pas eu de vêtements aussi beaux qu'une seule de ces fleurs. »
Et partout autour de lui, les fleurs de cette fin d'été offraient une liturgie de corolles plus admirables que tous les manteaux de Salomon.

Il se présenta au Carmel de Lisieux en fin d'après-midi. Les sœurs, qui connaissaient bien la piété du père Brun, s'étaient réjouies de le voir entre leurs murs. La mère supérieure, après une brève explication, donna l'autorisation de passer la nuit en prières devant la châsse de la Sainte. Et nourri par les sœurs, d'un potage épais, de légumes et de laitage fermier, il attendit la fin des complies, pour aller s'agenouiller pendant toute la nuit, tel un jeune écuyer à la veille de son adoubement, devant la châsse de la Sainte, qui dort dans la gloire de Dieu, ayant promis de passer son Ciel à faire du bien sur la terre, et de faire tomber des pluies de roses, en attendant le jour du Jugement dernier.

Mais retirons-nous humblement, dans le silence de ce tête-à-tête mystique, et laissons le père avec la Sainte, laissons-les dans ce cœur-à-cœur de la Foi, tendre, insolite et mystérieux. Et chantons, avec Rameau, pauvres mortels, cet hymne à la nuit, nous, bien incapables de saisir le langage des saints et, à grand peine, celui des poètes :

Oh nuit viens apporter à la terre
Le calme enchantement de ton mystère

*L'ombre qui t'escorte est si douce
Si doux est le concert de tes voix chantant l'espérance
Si grand est ton pouvoir transformant tout en rêve heureux*

*Oh nuit, oh laisse encore à la terre
Le calme enchantement de ton mystère
L'ombre qui t'escorte est si douce
Est-il une beauté aussi belle que le rêve
Est-il de vérité plus douce que l'espérance.*

Que se sont-ils dit pendant toute la nuit ?

Une lumière intense brille sur le visage du père Brun. A l'aube, il chante l'office avec les sœurs, et muni d'une miche de pain, il reprend la route pour rentrer à Donville en chantant.

Exténué, le soir, il trouve la force de dire sa messe, devant quelques paroissiens fortunés de le revoir, mais il ne souffle mot de son bref pèlerinage, encore emmitouflé de grâces et de joie par son colloque intime avec la Sainte. Et, après un souper vite avalé, il se glisse au lit en offrant ses dernières pensées à tout l'amour qu'il a reçu devant la châsse.

Au petit matin, à peine levé, un concert de grelot sonne à sa porte.
Amanda est là, souriante.
- Elle est sauvée !

Le père sourit.
- Entrez
Amanda est rayonnante.
- Je ne crois pas au miracle. Vous le savez bien. Mais elle est guérie. Totalement guérie ! Les médecins ! Ils sont totalement incapables de donner une explication. Elle n'a plus aucun hématome !

Le cœur du franciscain était inondé par une chaleur de joie.
- Je viens m'excuser. Je sais ce que vous avez fait pour Lisa. C'est extraordinaire. Et moi qui vous ai détesté. J'ai honte, si vous saviez comme j'ai honte ! Je vous demande pardon.
- Mais vous étiez déjà pardonnée.
- Je ne sais pas comment vous remercier.
- Moi je sais.
- Ah oui ? C'est vrai ? Demandez-moi ce que vous voulez.
- Vous irez à Lisieux mettre un cierge.
- D'accord. Je peux le faire.
- Je suis vraiment content pour Lisa.
- Moi aussi, mon révérend, merci encore.

Et, avec un large sourire, elle ajouta :
- Au fait, un miracle n'arrive jamais seul. Je crois qu'on a trouvé notre meurtrier.

Chapitre 12

- Si vous le permettez, je vous invite à partager mon petit-déjeuner.
- Avec plaisir pour un café !

Le père conduisit Amanda dans la cuisine, où fleurait une forte odeur de café. Sur la table une miche de pain, et une motte de beurre.
- Café au lait ?
- Du café au lait ? Mais qui boit encore du café au lait à son petit-déjeuner ? s'exclama la jeune femme en riant.
- Ah, il faut que je vous raconte. Avant de choisir la vie franciscaine, j'ai tâtonné un peu pour chercher ma voie, et j'ai vagabondé entre plusieurs monastères, à la manière de Charles de Foucauld. A cette époque, je dois avouer que la vie bénédictine m'attirait particulièrement et j'ai passé un séjour merveilleux à l'abbaye de Fontgombault, sur les rives accueillantes de la Creuse. Mais bien vite, le père Abbé m'a dit que je n'étais pas fait pour le cloître. Alors, j'ai repris mon bâton de pèlerin, et

j'ai gardé de mon séjour, outre le plain-chant des moines, ce souvenir merveilleux, après l'office du matin, de l'odeur mélangé du lait dans le café, comme un appel pour les rêves enchantés du voyage et comme un hymne pour la fidélité ancestrale à la terre. C'est un peu l'essence de ma vie.

Amanda regardait le prêtre qui mangeait de bon appétit. Sa carrure athlétique ne cessait de la surprendre.
- Vous faites du sport ?
Le père se mit à sourire.
- Chut, c'est mon secret.
- Vous êtes taillé comme un athlète.
- Quand j'étais jeune, j'avais grand besoin de me dépenser. Je faisais du vélo, de la course à pied, de la natation, et des exercices tous les soirs avant de me coucher.
- Un vrai sportif.
- J'ai fait mon service militaire chez les commandos de marine. Une tradition familiale.
- Mais vous êtes incroyable !
- Non, je voulais servir mon pays. Mon grand-père était Compagnon de la Libération avec les commandos Kieffer. Mon oncle a suivi Leclerc dans la 2ème DB.
-Tout mon respect !

Le moine but une grande lampée de café au lait, ensuite, comme un enfant qui vient de se nourrir avec l'insouciance primitive de sa candeur naturelle, et qui voue à l'existence une confiance aussi solide qu'ingénue :

- Alors ce meurtrier ?

Le lieutenant Lemercier avait prononcé la mise en garde à vue du majordome. Le sbire se montrait coriace. Il se défend comme un diable avait ajouté Amanda.

- On a perquisitionné chez lui.
- Ah et trouvé des indices ?
- Un catalogue d'une vente Maupin, qui date de cet été.
- C'est un peu mince, non ?
- Oui, mais il y a je ne sais quoi dans son attitude qui me gêne. Ce type-là n'est pas clair.
- Et le jardinier ?
- Son audition n'a rien donné. Je n'ai pas de raison de l'inquiéter. Ce serait un employé modèle selon les propriétaires du manoir.
- Avez-vous déjà pensé à des complices ?

Amanda se tut et baissa les yeux. Puis elle souffla, le visage pris dans ce qui ressemblait à un recueillement inexpliqué :

- C'est curieux, j'y pensais justement ce matin. A quoi songez-vous ?
- A rien de précis. Mais imaginez que les propriétaires cherchent à charger le majordome pour protéger le jardinier ?
- Pour être honnête, les propriétaires ne se plaignent pas du majordome. S'il existe un ou

plusieurs complices, ce n'est peut-être pas du côté des propriétaires qu'il faut chercher.
- Vous avez raison.
- En attendant, ça ne nous avance pas.
- Nous sommes situés au cœur de l'action, comme Fabrice à Waterloo, et nous ne voyons pas la bataille.

Le père avait terminé son petit déjeuner et proposa de poursuivre la conversation dans son bureau.
-Je dois partir dans peu de temps, mais je vous suis.

Par petites touches, comme fait le pinceau d'un peintre, elle commençait à s'accoutumer à l'atmosphère si studieuse de cette pièce emplie de livres. Les meubles étaient simples mais de bonne facture. Sur les étagères, des photos ou des objets se trouvaient posés devant le nombre impressionnant de volumes. Dans un cadre aux contours argentés, elle crut reconnaitre le grand-père avec sa Croix de la Libération. Elle s'avisa que l'image qu'elle avait forgée du moine avait changé depuis le début de leur rencontre. Au fond, c'était un homme bien, en dépit qu'elle ne partageait pas ses croyances. Et, jetant un œil investigateur autour d'elle, sans doute causé par les habitudes du métier, elle eut envie de lancer :
- Ce sont tous des livres de science ?

- Ah non, de l'Histoire, de la philosophie et beaucoup de littérature.

- Et pourquoi un scientifique s'intéresse à la littérature ?

- Parce que je suis atteint du *syndrome de Huysmans*.

- Que voulez dire ?

- Huysmans est un immense écrivain. On peut dire qu'il s'est converti en exerçant son art. Mais toute sa vie, et plus encore en ayant retrouvé la Foi, il a souffert du divorce entre l'Art et l'Eglise de son époque, entre les artistes et les religieux, entre la vocation artistique et le désir mystique.

- Plus profond qu'avec la science ?

- En quelque sorte, oui.

- Pourquoi ?

- Tout simplement parce que l'Eglise est obligée de dialoguer avec une science qui vient chasser sur ses terres.

- Et avec l'Art ?

- Un mépris réciproque. Après qu'elle eut allaité tous les arts médiévaux, l'Eglise a fêté des noces de feu à la Renaissance. Au Vatican, l'art catholique a triomphé avec Michel-Ange, Raphaël, Le Bernin et tant d'autres. Comment dépasser l'indicible et l'inaccessible perfection quasi-païenne de la Chapelle Sixtine ?

- Mais il y a eu d'autres artistes après ?

- Oui, mais aucun d'eux n'a su égaler ces âges d'or du roman et du gothique, moments de grâce, dans un monde toujours plus tourmenté par la matière, depuis la lunette de Galilée. Avec la modernité, la Foi est en crise et aussi l'Art, qui, après avoir servi l'Eglise pendant des siècles, se retrouve orphelin. Subséquemment, et je le déplore, de moins en moins d'artistes seront catholiques.

- Et inversement.

- Vous avez raison. De moins en moins de catholiques seront artistes, en dépit que, depuis plus de mille ans, tous les artistes, je dis bien : « tous les artistes » étaient catholiques.

- Mais l'Eglise a combattu les artistes.

- Pas exactement. Certains ont été rejetés par le clergé. Mais il ne faut jamais confondre l'Eglise avec le clergé. La plupart des saints se sont trouvés persécutés par le clergé de leur époque. Le bon Saint Vincent de Paul, par exemple. Mais chut, n'allez pas répéter que je dis du mal du clergé, ajouta le père Brun d'un air malicieux.

Amanda scrutait attentivement le prêtre. La lumière de son visage exprimait l'intelligence, cette forme suprême de l'esprit qui n'est pas gâtée par la vanité. Son facies antique, son allure de philosophe grec, sa pensée souple assidûment déliée, ajoutaient à l'intemporalité de sa personnalité.

- Je dois vous avouer que je suis fascinée par l'étendue de vos connaissances.

- Je ne suis pas un franciscain ordinaire, je reste un peu mâtiné de bénédictin mais aussi de dominicain. Et, brisant un moment de silence, où l'on pouvait lire une ombre juste au-dessus des sourcils, qui correspondait à une fronce trahissant la sincérité de son humilité, son corps se déplia pour rétorquer :

- Non, vous vous trompez. Je ne fais que partager quelques idées, mais je reste un ignare devant la face de Dieu.

- Mais alors, ce syndrome de Huysmans ?

Il avait levé sur Amanda un regard plein de poésie.

- Disons que c'est une souffrance intime. Je ne me console pas de ce divorce entre notre mère l'Eglise et le monde des arts.

- Mais chacun peut vivre sans l'autre !

- Non, l'Art est né avec le Sacré. Il est même né pour lui. C'était ainsi dans toutes les civilisations anciennes. Dans la troisième partie du *Génie du christianisme*, Chateaubriand, tout frémissant de lyrisme, s'exerce à déployer son talent pour nous rappeler ces évidences.

- Vous pleurez la laïcisation des Muses ?

- Les Muses apparaissent la première fois dans la Théogonie d'Hésiode. Le poète les avait découvertes pendant un rituel sacré, tandis qu'il venait sur le mont Hélicon faire paître son troupeau.

- Oh je vais être en retard ! Désolée, je dois partir. On parlera des Muses une autre fois, ajouta le lieutenant Lemercier, sur le ton d'un enfant qui vient de s'apercevoir qu'il s'est fait abusé par la vitesse du temps et qu'il risque de se faire gronder à son retour.

- Les Muses peuvent attendre, mais pas le service de la justice, cria le père, avant d'entendre claquer la porte du presbytère.

Chapitre 13

- Allô mon révérend ?
- Bonjour Amanda, comment allez-vous ?
- Je vais bien, merci et vous aussi ?
- Oui, très bien, je m'apprêtais à nettoyer l'église, je suis en tenue de ménage !
- Tout seul ?
- Non, il y a une petite troupe qui va me prêter main-forte.
- J'ai besoin de vos lumières.
- Mais vous allez finir par me transformer en lampadaire.
- Ah, ah ! Je voudrais bien voir ça, se plut-elle à rétorquer, dans un petit rire de gorge. Notre majordome prétend qu'il tient son alibi.
- Tiens donc ! Et quel est-il ?
- Il s'est souvenu qu'une femme habillée de vert est débarquée aux toilettes pendant qu'il fumait sa cigarette à côté, quelques secondes à peine avant le drame.

- Donc si cette femme a vu notre homme devant les toilettes, il ne pouvait pas, au même instant ou presque, pousser Maupin du haut de la fenêtre.

- Voilà. Mais l'ennui pour lui est qu'il ne connaît pas cette femme en vert et ne sait pas comment la retrouver, à supposer qu'elle existe.

- C'est très simple, rétorqua le prêtre sur un ton de voix plus légère que persifleuse qu'Amanda connaissait bien.

- Je savais que vous auriez une idée.

- Rien de plus facile. Je vais appeler les familles de Charles et Mathilde, qui ont agencé le mariage de nos deux tourtereaux. Elles pourront consulter les photos de la journée et nous donner la liste des femmes en vert. Il ne doit pas y en avoir plus que les doigts d'une main.

- Formidable ! Vous me tirez encore une belle épine du pied.

- C'est tout naturel.

- Bonne journée, mon révérend. J'attends de vos nouvelles au plus vite.

- Comptez sur moi. Bonne journée à vous aussi. Embrassez Lisa sur les deux joues.

- C'est comme si c'était fait !

Lorsque le père Brun franchit les portes du commissariat, les têtes se tournèrent machinalement vers lui. On ne voyait pas tous les jours une bure de franciscain sillonner les couloirs sombres et délavés des bureaux de la police. L'homme était habitué à ces regards surpris et même aux sourires moqueurs, sur le coin des lèvres, de ceux qui, non content d'ignorer ou de mécomprendre les mystères sacrés, jouissaient d'étaler toute l'étendue de leur insanité, par une grimace narquoise, sans pouvoir se douter un instant qu'ils imitaient tant d'autres imbéciles. Dans l'espoir de se croire supérieur, les esprits vains imaginent qu'il est préférable de ricaner devant ce qu'on ne saisit pas. De nombreuses âmes viles, amères et froides, ignorent combien la grimace de leurs contorsions mime les simagrées des soldats romains la nuit de la Passion qui, eux aussi, avaient raillé le Christ, l'Agneau immolé, victime innocente de la cruauté du genre humain, en l'affublant d'un roseau, d'un manteau rouge, puis d'une couronne d'épines.

On lui proposa d'attendre Amanda, laquelle devait rentrer d'un instant à l'autre. Alors le moine s'installa dans le couloir, récitant son chapelet au milieu de l'agitation qui animait la salle d'accueil, entre les déposants de plainte, et les menottés ; entre les équipes sur le départ et celles de retour. Il avait bien conscience d'être assis parmi la boue humaine. L'air était lourd. Un fardeau invisible labourait ses épaules. Des vagabonds juraient tout leur saoul, pour agonir les policiers qui les refoulaient vers la sortie. *Père pardonne-leur* se dit le moine, en levant les yeux au plafond, ils ne savent pas ce qu'ils font.

Tout à coup, un rayon de soleil parut dans ce triste cloaque. Amanda avait quitté ses béquilles et boitait encore un peu. Ils montèrent à son bureau.

- Figurez-vous que la femme en vert n'est pas une invention. Elle existe vraiment.

Amanda dardait des yeux perplexes :
- Vous l'avez retrouvée ?
- Oui, c'est la femme du Capitaine Baron, un cousin du marié.
- Et vous l'avez interrogée ?
- Oui. Elle se souvient très bien d'avoir vu le majordome qui fumait une cigarette devant les toilettes, quelques secondes avant le drame.

Amanda parut désarçonnée.
- Vous voulez dire que le majordome est innocent. Que notre piste s'effondre à nouveau. Je veux entendre cette femme. J'ai besoin de son audition pour libérer le suspect.
- Je l'ai prévenue. Elle se tient volontiers à votre disposition.

Cette fois, Amanda montra qu'elle cédait à l'accablement :
- C'est infernal. Dès qu'on tient une piste, elle se dégonfle en moins de deux ! Comment est-ce possible ? Non seulement cette enquête est nulle, mais elle finit par m'épuiser.
- Allons, reprit le père, ce n'est pas cette enquête qui vous épuise, mais tous ces derniers

événements. Prenez un peu de repos si besoin. Le meurtrier ne va pas s'évanouir. S'il a fui au bout du monde, il sera toujours temps d'aller le débusquer.

Amanda regarda le prêtre, son visage de philosophe, qui exprimait à la fois l'intelligence et la bonhommie. Comment faisait-il donc pour être toujours de bonne humeur ? Ne se sentait-il jamais abattu ni par la force des contrariétés ni par le poids du découragement ? Elle s'interrogeait sur la Foi qui portait cet homme, quand il se leva pour sortir.
- Je dois retourner à mes ouailles, déclara-t-il, sur un ton où l'ardeur le disputait à la gaité. Puis, devinant à son visage défait qu'Amanda s'abîmait dans le découragement :
- Qu'allez-vous faire maintenant ?

Elle jouait avec un crayon qu'elle faisait tournoyer entre ses doigts.
- Je vais cuisiner le jardinier, pardi ! Mais aussi me pencher sur le cas des suspects parisiens. Je dois les convoquer tous les deux.
- Et si notre meurtrier ne se cachait pas au milieu de ces trois-là ?
- Alors, je remuerai ciel et terre, mais je le trouverai. Je ferai dresser des listes, je passerai la région au peigne fin, je fouillerai toutes les maisons de fond en comble, mais je finirai par le traquer, et par le démasquer.

- Sages paroles, fit le prêtre en souriant parce qu'il avait réussi à piquer Amanda et à la faire réagir.

Il allait sortir, satisfait d'avoir rallumé la flamme de la jeune enquêtrice, et il se préparait à poursuivre une journée bien remplie, quand un homme le bouscula, sous l'huisserie de la porte, fonçant dans le bureau comme un sanglier. C'était Dubois qui arrivait tout en sueur, pour se diriger tout droit vers Amanda, sans prêter aucune attention à la présence du franciscain. Du coin des lèvres, le moine ne put s'empêcher de sourire, non pas tant en raison de la précipitation maladroite du policier, mais parce que le sanglier portait encore cet affreux imperméable délavé.

Mais, avant que le lieutenant Lemercier ait eu le temps de prononcer un mot, avant qu'elle pût manifester son incompréhension devant une telle célérité, visiblement surprise, elle aussi, par l'entrée pétulante de l'auxiliaire, Dubois proclama de sa voix fluette et nasillarde, qui tranchait net avec sa brusquerie, sur le ton d'un aboyeur perruqué à la porte d'une salle de bal :
- Nous avons un nouveau suspect !

Chapitre 14

- Le culte des morts demeure un acte fondamental qui distingue l'humain - *que nous sommes* - de l'animal.

Le vent secouait la cime des cyprès qui s'agitaient comme des pinceaux striés peignant un ciel *bleu de France*, cherchant à régner entre les nuages.
- Depuis les temps les plus reculés de la lointaine Préhistoire, on peut dénombrer toute sorte de sépulture, dont les plus imposantes sont les mégalithes et plus tard les pyramides d'Egypte.

Les visages étaient graves mais sans trahir aucune émotion tragique.
- Toutes les civilisations ont honoré leurs morts, c'est-à-dire ceux qui nous ont transmis le souffle de la vie

Les jeunes s'étaient réunis en demi-lune autour du Père Brun. Ils écoutaient sans dire un mot les paroles du prêtre.

- La plupart des religions archaïques ont affirmé que la mort était un passage vers l'Au-delà. Dans le « *temps sans borne* », créateur de tout, chez Zoroastre, dans l'âme divinisée chez les Hindous, mais aussi dans l'« *obscurité impénétrable* » des Egyptiens, il existait partout une part de sacré.

Autour d'eux, on voyait des caveaux et des tombeaux par dizaines, alignés au dedans de grands carrés, de forme rectangulaire.

- Chez les Athéniens, Solon condamne à mort l'enfant qui néglige d'ensevelir son père. Et vous songez alors au combat d'Antigone. Fustel de Coulanges confirme que la religion des Romains s'est fondée sur le culte des morts. Et Pythagore enseigne : « Après une vie sainte, lorsque ton corps retournera aux éléments, tu deviendras immortel et incorruptible : tu ne pourras plus mourir ». Quant aux Celtes, et à nos ancêtres Gaulois, ils célébraient avec espoir l'immortalité de l'âme.

Sur les mines des jeunes, on pouvait lire à la fois l'insouciance et la curiosité.

- Le christianisme, mes amis, nous promet encore mieux à travers la résurrection des corps et la béatitude éternelle.

A ce moment, le vent poussa les nuages et, comme une poudre d'or, un rayon de soleil perça entre les bleus plombés d'ardoise et de lavande.

- Seule la modernité, qui est strictement poussière au regard des siècles, elle seule, donc, ne croit pas au sacré et méprise la mort, croyant ainsi conjurer sa peur du néant.

Un des jeunes se mit à tousser, sous l'œil agacé de ses congénères.

- Bientôt, après la Toussaint, ce sera le jour des morts, le jour où l'Eglise priera pour le repos des défunts, et où chacun d'entre nous pourra louer ceux qui nous ont précédé dans la vie et dans la mort.

Le soleil à demi couvert pas un amas de nimbus, ombragé par les indigos, les cobalts et les céruléens, continuait à flouter entre les nues, tel un jeu d'ombres chinoises, saupoudrant une lumière limpide en forme d'éventail renversé.

- Méditons avec Chateaubriand sous les arbres taciturnes des cimetières, pour murmurer dans le sillon de ses pas : « c'est à la vue de ce tombeau, portique silencieux d'un autre monde que le christianisme déploie sa sublimité ».

Amanda était apparue entre deux cyprès dans l'allée principale qui séparait le cimetière en deux espaces à peu près équivalents.

Elle avait écouté, elle aussi, les paroles du prêtre, avant de regarder les jeunes qui sortaient maintenant du cimetière.

- On m'a dit que je vous trouverai ici, lui lança-t-elle quand il arriva à son niveau.
- C'était l'heure du catéchisme !
- Dans un cimetière ?
- Et pourquoi pas ?
- C'est assez original.
- Savez-vous, Amanda, que les adolescents apprécient singulièrement d'être pris au sérieux pour se confronter aux grandes questions de la vie ?
- Et vous leur parlez souvent de la mort ?
- Non, mais je vais peut-être susciter des vocations de médecins légistes, de pompiers, de juges d'instruction, ou mieux, d'enquêteurs de police !

Elle ne put s'empêcher de sourire.

- Alors, ce nouveau suspect ? demanda le franciscain tandis qu'ils franchissaient la grille du cimetière, sous un ciel menaçant, où bataillaient de puissants tourbillons d'outremer, soudain assaillis de barbeaux, de charrons et de turquins.
- Très intéressant !
- Ah c'est une bonne nouvelle !
- Je venais pour vous en parler, précisa-t-elle tandis qu'ils avançaient sur le chemin du retour pour raccompagner le groupe des jeunes jusqu'au lycée.
- Et le jardinier ?

- Toujours rien de ce côté. J'ai vu les deux parisiens, mais je n'ai vraiment rien à creuser.

Le ciel était impatient de pleuvoir. Depuis un moment, le soleil était vaincu, disparu sous un voûtain aubergine, où teintaient, de-ci de-là, comme des touches de splendeur dans une toile de maître, des nuances de parme et d'orchidée.

Une fois regagné le lycée, Amanda put s'ouvrir au père Brun.

- Dubois a poursuivi ses investigations dans le voisinage de Maupin, et notamment autour du magasin. Le boucher, dont les murs sont mitoyens, était assez proche de Maupin. Il ne rechignait pas à donner un coup de main, dès qu'il fallait décharger un meuble, contre un bon verre de calva.

- Ah, je sens que nous allons apprendre des choses.

- Oui, les deux voisins s'accordaient bien.

- Et que vous a dit ce boucher buveur de calva ?

- Que Maupin a subi une vive altercation quelques jours avant sa mort.

- Avec qui ?

- Avec un de ses fournisseurs. Une sorte de gitan qui tient une brocante sur la route d'Honfleur.

- Et vous avez entendu ce gitan ?

- Oui, il est entre nos murs depuis ce matin, mais il refuse de nous parler. Il ne dit pas un mot.

- Ah c'est embêtant.

- Alors je me suis dit…

Le père s'était tourné vers elle en fronçant les sourcils. Dans une vaine tentative, le soleil avait dispensé une sorte de lumière blafarde qui sourçait depuis l'avers des nuages, comme une faible lueur derrière un paravent, ensemencée par un gros ciel tourmenté de lilas, de glycines et de magentas.

- Vous vous êtes dit ? répéta-t-il, tout en appuyant sur chaque syllabe, de manière à faire entendre qu'il craignait d'avoir compris.

- Je me suis dit que vous pourriez peut-être l'interroger ?

- Mais, Amanda, je ne suis pas policier !

- Je le sais bien, mais vous pourriez nous aider.

- Mais c'est sûrement interdit par le Code de procédure pénale.

- Je ne vous parlais pas d'une audition au commissariat.

- Que voulez-vous dire ?

- Je veux dire que nous allons relâcher le suspect, parce que nous n'avons pas de raison de le garder pour le moment. Et qu'ainsi vous pourrez aller le visiter dans sa brocante.

Le père leva les yeux au ciel. Il avait cru recevoir une goutte. Là-haut, les cumulonimbus, tels de gros champignons bistre, se chargeaient de brouillards couleurs de prune, aux reflets d'argile, ornés de noisettes et d'oranges brûlées. Dans un coin du firmament, une petite tâche de rose évoquait ces jolies fleurs qu'on appelle cuisses de nymphe, tandis qu'un disque diaphane, ultime trace de l'astre solaire, jurait entre la pêche et l'héliotrope.

- Vous voulez que je me transforme en Hercule Poirot ? marmonna-t-il en expulsant un petit rire qui trahissait son léger embarras. Mais je n'ai pas de moustache !
- Vous m'aviez promis d'aider la police !
- La police, je ne sais pas. Mais vous, je veux bien pour aider, pour l'amour de Lisa.

Alors, le visage d'Amanda s'illumina au moment même où le ciel, au bout de sa gésine, enflé comme une panse gravide, fut crevé sous l'effet d'un coup de sabre invisible, libérant un immense rideau de pluie, qui pressura les nuages pour les vider comme des raisins pourris, au point d'atténuer jusqu'aux dernières notes de cassis qui avaient appairé, au beau milieu des réglisses et des jais, tandis que là-bas, dans une trouée neuve, d'abord minuscule, puis de plus en plus étoffée, triomphait l'azur, suprême, pur, absolu et, dans l'écume de son sillage, apparut le faisceau d'une mosaïque jaune chartreuse, nimbé de miel et d'or, qui annonçait enfin la gloire de la lumière éternelle.

Chapitre 15

L'homme fixait le père Brun de ses gros yeux noirs, baissant le front, comme un taureau prêt à charger. Il affichait une moustache épaisse et tombante qui n'avait rien en commun avec celle du sémillant Hercule Poirot. A l'évidence, le bougre ne répondait pas à la qualité de ce qu'il est coutume d'appeler *commode*. Dans sa brocante, ou plutôt dans son bric-à-brac, régnait une odeur inconnue, un bouquet de suint mêlé de fiente et de graillon. Il semblait fier de cultiver cet air irrespirable, et le moine fit un effort violent dans l'espoir de supporter ces effluves douloureux pour le nez, si dangereux pour l'âme, comme ces odeurs de souffre et de charogne qui trahissent la présence de Satan.
- Je ne vais pas vous raconter de salades.

L'homme ne bronchait pas, tel un saurien au fond de son bayou. Le prêtre avait compris qu'il était inutile de finasser avec un individu de ce calibre.

- Je suis ici à la demande du lieutenant Lemercier.

Les yeux du taureau foncèrent un peu plus passant de l'ébène à l'aniline.
- Elle voudrait juste savoir pourquoi vous vous êtes disputé avec Frédéric Maupin, peu de jours avant sa mort.

L'alligator aux yeux goudronnés restait immobile, le regard fixé sur le père, comme sur une proie.
Pas de réponse.
L'animal à sang froid restait muet.
Sous les pieds du moine, le sol se dérobait prestement, au point d'invoquer Sainte Rita qui sait dénouer les causes désespérées.

Il était près de suffoquer sous l'assaut de ces parfums maléfiques, avec la curieuse impression de patauger dans une étuve bouillonnante. Ce fumet de graisse avariée, cette haleine de bouse faisandée, cet arôme de friture brûlée, tout ce pénible mélange d'immondices lui retournait l'estomac, mais il avait à cœur de lutter contre la tentation du lâcher prise, bien résolu à se battre contre les mauvais tours de Méphistophélès, comme s'il se trouvait en face de Faust lui-même.

- Ecoutez, si vous me dites la vérité, je suis disposé à tout faire pour vous aider.

Alors, contre toute attente, l'homme muet, aux yeux sombres et à la moustache tombante s'ébroua dans un grand rire sonore. On eût dit qu'il n'avait pas ri depuis des années, tant la puissance de son débit traduisait un véritable entassement de rires non consommés. Avait-il attendu ce jour depuis des années pour lâcher toute la vigueur de sa liesse, tel un barrage qui éclate sous le trop plein d'eau et la force des flots accumulées ? Il se gondolait en se tenant les côtes, délivrant un torrent de soubresauts répétés, dans un mouvement saccadé, dont l'influx mécanique agita une série d'ondulations galopant tout le long de sa corpulence adipeuse.
- Vous êtes un drôle, vous, finit par lâcher le rieur entre deux secousses.

Le moine prit le parti de ne pas répondre, espérant que son attitude permettrait à ce Baal en carton de pouvoir se livrer.
- Vous ? Un curé ? Pouvoir m'aider ?
Et il repartit dans une nouvelle séquence de rires convulsifs, hoquetant sous les yeux du père. Sur le maillot noir de cet incube en rut, il aperçut la tête d'un bouc, aux cornes torsadées, encadré par un pentagramme, et il devina qu'il avait affaire à un sataniste, probablement épris de *métal* et de drogues acides.

- Un coup que je serais coupable pour une chamaille ?

Les yeux du taureau funèbre lançaient des éclairs noirs comme le bec d'un corbeau.

- On n'a jamais expédié un gus à la jaille pour une crosse.

Puis, les poings sur la table sale qui gisait devant lui, il se leva d'un seul coup, le torse en avant, pour envoyer au visage du franciscain :

- Aucun curé ne peut m'aider. Fous-moi le camp ! Barre-toi ! Et d'une voix sourde qu'il avait forcée pour donner plus de venin à ses mots, il éructa :

- Et va au diable !

Ensuite, il se bidonna, de nouveau, mais cette fois en bavant.

Le père Brun invoqua Saint Michel et prit congé de l'importun, heureux de respirer un air sain en quittant ce bourbier.

Puis, encore étourdi par le souffle vicié de ces remugles démoniaques, il appela Amanda, pour s'assurer qu'il existait encore, sur la terre des hommes, des êtres dénués de malveillance.

- Ce bougre est un sale type.
- Ah je me doutais bien qu'il vous plairait.
- Il n'a pas voulu parler.
- Tant pis pour lui, je vais être obligée de le forcer à nous dire ce qui s'est passé.

Le lendemain, le père Brun s'était rendu au bureau d'Amanda, sur sa demande.

- Votre ami est en garde à vue depuis ce matin. Il a demandé l'assistance d'un avocat.

- J'espère qu'il est seul dans sa cellule.

- Pourquoi ça ?

- Je plains le nez de ses voisins.

Amanda avait souri, mais elle ne semblait pas dans son assiette.

- Il ne dit pas un mot. Il refuse toujours de coopérer avec la police.

- De quoi se protège-t-il ?

- De tout, de rien. De vous, de moi. Avec ce genre d'individu, tout est possible.

- Oui je comprends.

A ce moment le téléphone fixe se mit à sonner sur le bureau d'Amanda :

- Bien, faites-la monter.

A peine avait-elle raccroché que la porte se déboucla sur une sorte de femme sans âge, d'allure grassouillette, aux cheveux violets, aux vêtements grossiers.

- Maîtresse Filembourg. Je suis l'avocate du brocanteur. Mon client est détenu dans votre commissariat en violation de l'article 9 de la Déclaration Universelle des droits de l'Homme. Cet ignoble attentat aux libertés individuelles est puni par l'article 432-1 du Code Pénal qui stipule :

« Le fait, par une personne de l'autorité publique, agissant dans l'exercice de ses fonctions de prendre des mesures destinées à faire échec à l'exécution de la loi est puni de cinq ans d'emprisonnement et de 75000 euros d'amende ».

Je vous demande de libérer mon client sur le champ !

- Bonjour Maître, veuillez-vous asseoir.
- Maîtresse, s'il vous plaît !
- Que me vaut l'honneur de votre visite ?
- Je vous l'ai dit.
- Et rien d'autre ?
- Vous devez le relâcher immédiatement.
- Ecoutez, Maître, nous avons de bonnes raisons de soupçonner votre client.
- Vous n'avez pas le droit !
- Laissez-moi parler ou je vous fais sortir sur le champ. Je vous rappelle qu'il s'agit d'un meurtre, et que l'attitude de votre brocanteur aggrave son cas. Pourquoi refuse-t-il de parler ?
- On a le droit de se taire quand on est détenu arbitrairement !
- Vous pouvez toujours saisir le juge des libertés.
- Ah, ah ! C'est déjà fait, vous aurez de mes nouvelles !

Et, se levant pour sortir, elle aperçut la bure marron du père Brun que, dans sa fureur, elle n'avait pas vue. Elle jeta un regard enragé au prêtre, en se mordant les lèvres pour ne pas laisser quelques douceurs franchir la barrière de ses dents. Puis elle quitta la pièce en claquant la porte.

Le père Brun interrogea Amanda :
- Qu'est-ce que c'est que cette furie ?
- Mais c'est Maîtresse Filembourg, notre avocate *woke*. Elle est de tous les combats. Dès qu'il s'agit d'attaquer la police, hop, elle sort de sa boîte, comme un diable !
- Ah je comprends mieux son petit regard doucereux à mon égard.

Amanda semblait fatiguée, les traits tirés, le visage fané.
- J'ai mal dormi. Lisa m'a réveillée cette nuit et j'ai eu du mal à retrouver le sommeil. Je vous avoue que cette enquête me tord les nerfs. Le juge des libertés va lui donner raison. Et ma hiérarchie va me demander des comptes.

Puis elle fixa le père d'un air désabusé :
- Vous n'avez aucune idée pour le faire parler ?
- A part Sainte Rita, je ne vois pas.
- Sainte Rita ?
- Oui, c'est elle qu'on invoque pour les causes désespérées.
- Je vous remercie pour votre soutien.
- Allez ! Rien n'est perdu. Gardez espoir. Tenez, je vous invite à déjeuner demain midi avec Lisa. C'est samedi et je fais de très bons spaghettis !

Le visage d'Amanda se détendit :
- Entendu pour les spaghettis, à demain !

Chapitre 16

- Si l'amour est une équation, elle peut facilement se résoudre à trois inconnus.

Le père Brun discourait, se tenant debout, derrière un grand tablier, pour servir ses invités, enroulant à l'aide d'une fourchette à gigot, pour les lever bien haut, les spaghettis qui fumaient au fond d'un fait-tout volumineux. Autour de la table, se trouvaient six convives, dont Amanda et Lisa. Le père avait l'habitude de recevoir le samedi midi dans la grande salle à manger du presbytère. Il aimait réunir des amis pour les entendre discuter à bâtons rompus. Le moine chérissait ce moment de fraternité, si simple et chaleureuse, à la fois humaine et franciscaine.

Dans les verres, où miroitait un vif rubis, aux reflets cardinal, andrinople, et groseille, on dégustait un châteauneuf-du-pape, à la mémoire de Jean XXII, de Clément VI, d'Innocent VI, d'Urbain V et de Clément VII. Ce vin était fourni par une paroissienne qui aimait offrir des caisses de grands crus à son curé, en répétant toujours, comme pour mieux se faire pardonner son manque de piété : « Il faut bien prendre soin de son clergé ». Et le prêtre partageait ses belles bouteilles avec ses invités, ou avec ses hôtes quand, à son tour, il était convié à dîner.

- L'amour une équation ?

La question était posée par l'organiste de la paroisse, une jeune femme plutôt timide, au talent indéniable et passionnée de musique sacrée.

- Et pourquoi trois inconnus ? ajouta son voisin qui était le libraire de Donville.

Quant au troisième visiteur, tout de blanc vêtu, c'était un dominicain qui venait aider à la paroisse, de temps en temps pour le dimanche.

Lisa dévorait ses spaghettis sans écouter les autres convives. Son appétit faisait plaisir à voir et Amanda se sentait heureuse au milieu de cette petite confrérie bavarde, attablée pour le plaisir autour d'un excellent vin. Elle se disait, à part soi, qu'elle n'aurait jamais imaginé un tel déjeuner, quelques semaines auparavant. Deux religieux, ainsi que des croyants pour commensaux, il faut avouer que ce n'était pas banal. Mais ces chrétiens-là n'étaient pas des tristes, ni des bigots. Certes, ils pratiquaient leur religion, mais d'une manière qui était vivante et non poussiéreuse.

- Je parie que les trois inconnus de votre équation sont les trois personnes de la Sainte

Trinité, répondit le dominicain avant de boire un peu du nectar qui scintillait dans son verre.

- Bravo, lui répondit le père Brun, ayant terminé de servir, qui se rasseyait pour déguster à son tour le délicieux breuvage arborant aux yeux avertis des nuances chatoyées de paprika.

- Equation résolue, reprit le père Brun, les trois personnes de la Trinité, distinctes, égales, et consubstantielles, en une seule et indivisible nature, sont le visage de l'Amour parfait.

- Saint Patrick ne s'était pas trompé, dit le libraire en souriant.

- Exactement, la figure du trèfle, que le saint présenta aux Irlandais, une seule plante en trois lobes, est devenue leur emblème national.

Le franciscain s'extasia sur la qualité de ce vin de velours. Et jetant un œil à ses amis qui se débattaient avec les pâtes en longues ficelles qui débordaient de leurs assiettes :

- Alors, que valent ces spaghettis ? lança-t-il à la cantonade, récoltant aussitôt un concert de louange.

- On raconte que les spaghettis ont été importés de Chine par Marco Polo, dit soudain la jeune organiste, dont une forte buée, jaillie des pâtes chaudes, obstruait les verres de lunettes, ce qui ne manqua pas de faire rire Lisa.

- Il existe une métaphysique du spaghetti, ajouta le dominicain, sur un ton docte. D'où vient-il ? Qui est-il ? Où va-t-il ? Doit-on dire spaghetti ou *spaghetto* ? Pourquoi a-t-il un tel succès ?

Amanda resta bouche bée par la tournure que prenait la conversation, tandis que le moine en blanc poursuivait :
- Quelle est sa forme ? Sa taille ? Son diamètre ? De quoi est-il composé ? Quelle est l'origine de son nom ? Depuis quand existe-t-il ? Autant de questions qui peuvent paraître simples, mais qui ne le sont pas tant que ça, et qui risquent peut-être de nous emmener dans un long voyage sur tous les continents.
- Autrefois, en Italie, renchérit le moine brun, juste avant l'industrialisation, on les vendait au mètre. Dans les vieux films en noir et blanc du cinéma transalpin, il n'est pas rare de voir couper des spaghettis. Quel sacrilège ! On les sectionnait alors en quatre longueurs. Aujourd'hui le quart de mètre est devenu le bon segment, c'est-à-dire 25 cm de longueur, avait-il terminé en faisant glisser un spaghetti du haut de sa fourchette pour illustrer ses propos.
- Mais combien pour le diamètre ? se plut à questionner Amanda qui s'amusait beaucoup.
- La plupart du temps, ils sont fabriqués avec un diamètre de 2 mm.
- Mais alors que signifient les différents numéros inscrits sur les emballages ?

– Le fait est qu'ils ne correspondent à aucune taille établie, mais juste aux standards qui restent propres à chaque marque.

– « Ficelle » est la traduction littérale de *spaghetto*, un diminutif de *spago*, qui veut dire « fil », dérivé du latin tardif, *spacus* qui signifie « cordon » ou « ficelle », avait précisé le moine blanc, qui possédait un excellent tour de main à la romaine pour enrouler ses pâtes autour de la fourchette. Pour sa part, l'Académie française nous autorise à dire spaghetti au singulier, et nous recommande d'ajouter un « s » pour le pluriel, selon l'usage du français.

– La plus ancienne mention connue de pâtes sèches date du XIIème siècle, expliqua le libraire qui se bataillait avec une fourchette et une cuiller pour attraper ses ficelles, dans *Le livre de Roger*, une description du monde créée par un géographe marocain. Il décrit la fabrique de pâtes allongées, légèrement arrondies, dont il nous dit qu'elles s'appellent *itrya*, de l'arabe *itryah,* ce qui signifie « pâte fine coupée en bandes », dans la ville de Trabia en Sicile.

– Pourtant, à cette époque, les Normands avaient chassé les Arabes de Sicile, précisa le père Brun

– Et quelle est la vraie recette de la sauce bolognaise ? se permit d'interroger Amanda qui prenait goût à ce petit débat académique sur les ficelles de blé.

- J'ai appris, lors d'un concert à Bologne, que cette sauce est une simple invention moderne et commerciale, lança la jeune et timide organiste, ayant recouvré la vue, après la dissipation des buées sur ses lunettes.

- Oui et non, précisa le père Brun, il existe une sauce plus ancienne, ou même plusieurs.

- C'est vrai, ajouta le dominicain, sous l'Antiquité, les Romains utilisaient un genre de sauce comme condiment pour les *crostinis*, ces petites tranches de pain grillé tartinées, et plus tard comme garniture pour les vol-au-vent.

- Le fait est que la sauce bolognaise, dite *ragù alla bolognese* en italien, reprit le père Brun, est une variante de l'ancien ragoût de la cuisine française, ce type de préparation dans laquelle viande - ou poisson - et légumes sont réduits en petits morceaux, afin de mijoter longuement au coin du feu.

- Je crois que son utilisation pour les pâtes n'apparait qu'avec la création des tagliatelles, au moment du mariage de Lucrèce Borgia et du Duc de Ferrare, avança le libraire qui était plus doué pour l'Histoire que pour la dégustation de ses spaghettis.

- Vous êtes en train de nous dire que nous mangeons un plat mi-chinois mi-arabe, cuisiné avec une sauce inspirée de la cuisine française, un plat qui a trouvé son éclosion grâce à la famille Borgia ? ne put s'éviter de décocher Amanda sur un ton où l'incrédulité dominait la stupeur.

- Les Borgia c'est pour le clin d'œil avec notre vin magnifique, répondit le père Brun, en levant son verre, mais oui, vous avez raison.

- Je crois toutefois, supposa bon d'ajouter le libraire, dont l'assiette diminuait avec peine, que l'association spaghettis et *ragù alla bolognese* est une pure invention de l'Europe du Nord car, à l'origine, elle était totalement inconnue à Bologne.

- Ah, il ne manquait plus que les Vikings, catapulta en riant Amanda. Mais ce plat est une histoire du monde à lui seul !

- Alors quelle est la vraie recette de la bolognaise ? sollicita ingénument la jeune et timide organiste.

- Selon la formule traditionnelle, délivrée par l'*Accademia Italiana della Cucina*, la liste officielle ne devrait contenir que les ingrédients suivants : bœuf, pancetta, oignons, carottes, céleri, *passata*, vin blanc sec, lait ou crème, huile d'olive, sel et poivre. Toutefois, il existe de nombreuses variantes avec des saucisses de porc, de poulet, de lapin et même de foie d'oie.

Tout le monde salivait en écoutant parler le père Brun, qui repéra que les assiettes étaient vides à l'exception de celle du libraire.

- Qui en veut d'autre ?

Chacun, même Lisa, tendit son assiette. Et l'on se régala de nouveau avec la sauce du père.

- Mais, fit Amanda, qui semblait soudain de réveiller d'un curieux songe, quelle sauce avez-vous cuisinée aujourd'hui ? Ce n'était pas du tout la bolognaise classique.

    Le père Brun livra un sourire angélique :
- Non, c'était la recette du *Parrain*.
- Le film de Coppola ?
- Oui, un hommage à la mère du cinéaste. Il croyait si peu au succès de son premier opus qu'il avait choisi d'insérer une recette, dans la scène où le gros Clemenza explique à Michael Corleone - *une fois que les familles de New-York sont entrées en guerre* - de quelle manière on met virilement les mains dans la sauce tomate. Le cinéaste avait tout bonnement décrit la recette adorée de sa mère, en fanfaronnant à la cantonade : « Si le film est un flop, au moins les spectateurs auront une bonne sauce pour les spaghettis ».

Chapitre 17

- *Ayant quitté le chemin droit, je me trouvais dans une forêt obscure.*
- Que dîtes-vous ?
- C'est le premier vers de l'Enfer.
- Quel enfer ?
- Le grand poème du Dante : *Au milieu du chemin de notre vie, je me trouvais dans une forêt obscure.* C'est un peu votre état, non ?
- On ne peut rien vous cacher.
- Je connais bien cette évagation. Et vous verrez, la crise du milieu de vie, celle que nous décrit le Dante, sera pire encore.
- Merci de me réconforter.
- Vous perdrez pied, vos repères seront fluctuants, vos nuits seront creuses, vos jours seront fades, et vous ne saurez plus pourquoi vous vivrez.
-Dites, mon révérend, vous voulez me désintégrer ?
- Non, au contraire, je veux vous fortifier. Le père Anselm Grün, bénédictin allemand au visage d'anachorète oriental, a écrit un excellent ouvrage : *La crise du milieu de la vie*, où il peint par le menu

les différents stades de cette aventure intime, en s'appuyant tout à la fois sur les découvertes de la psychanalyse moderne et sur les connaissances des anciens moines de la Thébaïde.

- Mais je ne suis pas au milieu de ma vie ! Du moins, je l'espère…

- Non, mais ce que vous vivez-là est une sorte d'anticipation. Les moines connaissent tôt ou tard cet égarement, décrit par les Pères du désert sous le nom d'acédie.

- En attendant, je me suis bien ramassée avec le gitan. Le juge des libertés a ordonné sa libération, et nous n'avons pas le dixième d'un quart de preuve contre lui. Mon chef m'a prise entre *quat'zieux* pour m'avertir tout bonnement que si je n'avance pas, il me retire l'enquête. Je vais finir ma carrière à la circulation au milieu d'une banlieue sordide. Mon révérend, pour l'amour de Lisa, aidez-moi, je vous en prie !

Le père Brun considérait Amanda. Sans conteste, elle était toujours aussi belle, malgré son teint hâve et le bleu des cernes, couleur de dragée, qui sertissait, en-deçà des yeux, le bel arrondi de ses amandes.

- Visiblement, je suis plus doué pour les spaghettis que pour les enquêtes policières.

Les iris d'Amanda s'animèrent, agités par l'écho joyeux d'une lueur de cinabre.

- Ah vous m'avez fait rire, l'autre jour, avec vos amis ! Votre érudition à tous, à propos d'un sujet aussi banal que les spaghettis. Vous m'avez fascinée !

- Parce que ce n'est pas un sujet banal.

- Et votre référence au Parrain. Là j'avoue que vous m'avez bluffée.

- Mais j'ai eu une vie avant d'être moine. Et j'étais dingue de cinéma.

- Moi qui vous imaginais dans un monde parallèle…

- Et que croyez-vous ? Je vis au XXIème siècle, je confesse toutes sortes d'individus, et même des jeunes. Je connais bien leur langage : *zdeg, moulaga, vénère, swag, soumsoum, yolo, bédave, gova, le seum etc…* sans compter les codes SMS : *askip, JPP, TMTC, Tkt, JDCJDR*. Enfin bref, je suis *ice*.

Amanda était secouée par un gros éclat de rire, parce que la figure du père Brun, si droite habituellement, s'était déformée sous l'effet des mots étranges qui avaient fleuri dans sa bouche.

- Ah vous auriez dû faire du cinéma ! dit la jeune femme en riant toujours, je vous aurais bien vu dans *Les Tontons Flingueurs*.

- Ah oui ? Quelle idée ! Vous me voyez en Fernand Naudin ?

- Toujours mieux qu'en centaure dans la pampa !

- *Omnes stulti, et deliberatione non utentes, omnia tentant.*

- Que dites-vous ?

- Je cite saint Thomas d'Aquin, un passage de la *Somme théologique*, consacré à l'espoir et au désespoir. La question précise est la suivante : « Les jeunes gens ivres regorgent-ils d'espoir ? ». *Omnes stulti, et deliberatione non utentes, omnia tentant* est la réponse de l'Aquinate, qu'on peut traduire par : *Tous les imbéciles, et ceux qui n'utilisent par leur discernement, ont toutes les audaces.* Repris par Audiard, ça donne le fameux : « Les cons ça ose tout ! »

- Vous voulez dire qu'Audiard a plagié Saint Thomas d'Aquin ?

- Oui, désolé de vous décevoir.

- C'est incroyable, avec vous, la religion est partout.

- Déformation professionnelle.

- Et en plus vous avez réponse à tout.

Le franciscain haussa les épaules avec un petit sourire bienveillant.

- Alors reprenons : le majordome est hors de cause. Le gitan est suspecté, mais il se tait. Quant au jardinier, il est soupçonné à demi, pas plus ni moins que les deux parisiens. Et rien d'autre à l'horizon ?

- Vous avez résumé la situation. C'est vrai que c'est assez minable. Et Dubois, de son côté, ne trouve rien de plus.

- Tout de même, ce gitan, il va bien finir par parler. Il ne peut pas rester muet toute sa vie. A un moment, il devra bien nous donner une explication pour sa dispute avec Maupin.

- C'est vous qui le dites.

- Est-ce que vous pouvez le reconvoquer ?

- Oui, j'ai le droit. Mais il faudrait un fait nouveau, ou quelque chose comme ça.

- Dites que vous souhaitez l'entendre sur ses relations antérieures avec Maupin.

- Mouais…

- Depuis quand ? Combien d'affaires avec lui ? D'où provient sa marchandise ?

- Ah ça c'est une bonne idée !

- Merci.

- Enquêter sur l'origine de sa marchandise nous permettra peut-être d'élucider le mystère de cette dispute, et probablement de dévoiler certains petits trafics qu'il aimerait mieux nous cacher.

Cette fois, une lueur de byzantium avait paru dans le regard d'Amanda. Il savait que la couleur de cette petite flamme indiquait un réveil, une sorte de revif torrentueux, dont la chaleur allait se propager à travers son esprit et sa volonté. Il avait appris à connaître la jeune femme, à décortiquer ses défauts, à cerner ses faiblesses. Il savait qu'elle possédait une force profonde, qu'elle tirait en partie de son amour pour sa fille, qui lui permettait de se battre, de lutter contre les tourments de l'adversité, au point de remettre, sans rechigner, l'ouvrage sur le métier. Aussi, quand il constatait chez elle une phase d'abattement, il cherchait à la piquer, non comme un toréador, mais plutôt comme les éperons d'un cavalier qui relance son cheval.

- Je peux vous poser une question ?

Amanda se pinçait les lèvres, moins par la perspective de sa nouvelle audition, sans doute, qu'obnubilée par cette question qui la taraudait.

- Je suis votre serviteur.

Elle souriait, mais d'une façon oblique et baroque à la fois, presque gênée. Cédait-elle à un élan maladroit ? Impossible de dissimuler qu'elle se trouvait gagnée par la confusion. Elle ne montrait aucune trace de malignité, mais la hardiesse de sa curiosité avait triomphé.

- Comment faites-vous pour vivre seul ?

Le père ne broncha pas. Il se concentra un moment, comme s'il cherchait à se recueillir, à se fermer, à se cloîtrer pour entraver le chemin de son âme, et se défendre contre tout assaut de séduction, contre toute menace d'emprise puis, il s'élargit, amplement, comme une fleur, dans un sourire lumineux.

- Je pourrais vous répondre que je ne suis pas seul, que je vis très entouré, que je vois du monde en permanence, mais je sais que cette explication ne vous conviendra pas.

- Je voulais parler de choses plus intimes. Je reçois beaucoup de tendresse de Lisa, mais, de temps à autre, j'ai besoin de l'affection d'un homme. Comment faites-vous ?

- Le mystère de la chasteté, sans le regard de la Foi, ne peut pas se comprendre.

- Mais vous n'avez jamais envie des bras d'une femme ?

- La question ne se pose pas en ces termes pour moi. Je suis un moine et j'ai prononcé le vœu de chasteté, témoignage de la puissance de Dieu, dans la fragilité de notre humanité.

- Des mots !

- Il est possible d'aimer Dieu en le plaçant au-dessus de tout autre amour. Parce que le vœu de chasteté donne aux relations humaines clarté et chaleur.

- Et quelle est la recette magique ?

- La prière et la pratique des sacrements.

- C'est trop simple.

- Je peux vous affirmer que j'ai rendu au moins une femme heureuse.

- Laquelle ?

- Celle qui ne m'a pas épousé. Je ne suis pas fabriqué pour la relation amoureuse, car je suis appelé à une autre forme d'amour.

- On ne peut pas vivre sans aimer un être humain.

- C'est vrai. A ce propos, je vous confesse un aveu. J'ai une amoureuse. Une jolie femme, une princesse, j'aime ses yeux pétillants, son sourire envoûtant, son visage merveilleux. Ah oui, je l'aime passionnément !

Amanda eut un léger sursaut qu'elle tenta en vain de réprimer.

- Et qui est l'heureuse élue ?

- Je suis allé la voir le mois dernier, du côté de Lisieux, où elle dort paisiblement jusqu'à la fin des temps. Depuis là, elle répand des pluies de roses, dans la belle espérance de la résurrection des morts.

Chapitre 18

Les premières pierres de la collégiale de Donville dataient du XIème siècle, selon les manuels d'Histoire, de cette époque si aventureuse où le puissant duché de Normandie prenait son envol vers l'Angleterre. Certains vieux livres, à grand renfort d'archives, inopportunément disparues, attestaient que cette église avait été élevée sur la volonté de la Reine Mathilde, pour honorer un vœu pieux, conçu en faveur de la victoire des armées de Guillaume. Mais, à vrai dire, rien n'était moins sûr. Cette légende, nonobstant, si incertaine qu'elle fût, restait empreinte dans le cœur des Donvillois, comme la marque vigoureuse d'une fidélité indéfectible aux *deux léopards d'or sur un écu de gueules*, bien que ceux-ci ne fussent apparus qu'au siècle suivant, sous le règne du lettré Henri II Plantagenêt, homme sévère et brutal, roi d'Angleterre, duc du Maine et comte d'Anjou, qui convoitait de contrôler l'Eglise et fit occire l'archevêque de Cantorbéry, le grand Thomas Beckett.

Des arcs en plein cintre entrecroisés, au-dessus de la nef et du transept de la collégiale : cette technique, déjà maîtrisée depuis les temps de l'art mérovingien, annonçait les brisures d'ogive, celles qui viendraient ensuite précéder l'apparition du gothique. L'ensemble du décor, exagérément épuré, est typiquement architectural. Des ornementations en arcatures aveugles couvrent murs et chapiteaux sculptés, avec des moulures et des archivoltes, pour mettre en valeur de nombreux motifs géométriques - *survivance de l'art carolingien* - utilisés ici en abondance : damiers, chevrons, frettes, étoiles, bâtons rompus, dents de scie et zigzags. Pas de doute, nous sommes en Normandie, avec des grands murs solides et des proportions massives.

L'ensemble de l'édifice apparaît spacieux, élancé, lumineux. Au-dessus de la croisée des transepts, une tour-lanterne éclaire directement le chœur gothique. On reconnait, à Donville, de nombreuses influences, parmi celles qui ont émaillé les divers territoires sous domination normande, aux XIème et XIIème siècles, depuis l'art saxon en Angleterre, jusqu'à l'architecture byzantine et mauresque en Sicile. Mais nous ne pouvons poursuivre plus longtemps notre divagation sur l'art gothique normand, car le moment est venu de reprendre le fil de notre histoire, et je demande pardon au lecteur qui souhaiterait en apprendre davantage sur le sujet, tout en priant les autres de bien vouloir excuser ce détour qui avait pour but de préciser qu'un narthex tardif fut ajouté au début de la Renaissance, une sorte de grand porche, encadré par deux rangées de statues à taille humaine, celles des Apôtres, qui nous accueillent au sein de ce paradis terrestre.

C'est ici que nous retrouvons le père Brun occupé à placarder les annonces de la semaine. Assis sur un des bancs taillés en pierre, sous une rangée d'Apôtres, Jojo somnole à côté de sa sébile offerte à la charité des paroissiens.
- Alors Jojo, comment ça va ?
- Oh, ni pire, ni mieux, Padre !
- Tu passeras au presbytère, j'ai du pain et du jambon.
- Merci Padre !

L'homme était un habitué des églises du pays. On le voyait sillonner les villages de la Côte Fleurie. Peau tannée, poil hirsute, nez en poivron, couvert de fraises des bois, défroque en haillons, Jojo appartenait à l'ancienne école de la cloche, sorte de philosophe, amoureux de la paresse et du laisser-vivre, poète du temps qui passe et de la dive bouteille, troubadour ou troubade, selon ses heures, partout insouciant et détaché, partout flegmatique et désinvolte, sans ami, sans ennemi, sans feu, ni lieu.
- Je sais qui a tué l'antiquaire, Padre !

- Que dis-tu ?

Le père s'était retourné brusquement au point de laisser tomber sa boîte de punaise et sa dernière affichette. Il savait bien que Jojo, se prenait facilement à divaguer, lorsqu'il avait un coup dans le nez, mais, pour le reste, il n'était pas un menteur. Le moine vint s'asseoir à côté de Jojo :
- Tu connais le meurtrier de l'antiquaire ?
- Oui, Padre, je l'ai vu plusieurs fois.
- Où ça ?
- Ecoute Padre, je sais que l'antiquaire avait ses petits secrets.
- Continue !
- Ils se voyaient tous les deux à chaque fois dans un bistro différent. Je le sais puisque je fais la tournée, moi aussi. Et j'ai fini par les repérer. Je connais pas mal d'habitués, ici ou là, mais deux gugusses qui changent toujours de bistro j'ai trouvé ça bizarre.
- Et comment peux-tu savoir que c'était l'antiquaire ?
- Je ne le savais pas. Mais j'ai vu sa photo dans les journaux quand il est mort.
- Et l'autre ?
- Je ne l'ai jamais revu. Mais je peux le reconnaître.

Le père savait que le témoignage de Jojo ne serait jamais versé au dossier judiciaire car, d'une part, aucune personne digne de raison ne souffrirait de créancer un vagabond et, d'autre part, Jojo ne voudrait certainement pas évoquer ces choses avec des inconnus.

- Merci Jojo, tu es un frère. N'oublie de passer au presbytère !
-Tu me donneras du jambon ?
- Et même une bouteille de vin !
- Padre, tu es un seigneur !
- Va prier la Madone pour le salut de ton âme, et rejoins-moi ensuite.

Il appela aussitôt Amanda, mais elle ne décrocha pas son téléphone. Le père laissa un message pour lui dire de passer le voir.

La nuit tombait à peine quand Amanda parut, les yeux lourds, le visage défait, la mine contrariée.
- Que se passe-t-il ?
- Humiliée ! Je suis laminée.
- Allez, venez.

Il conduisit la jeune femme à son bureau, et sortit, d'une ancienne commode portuaire à double battants, deux petits verres sur pied en forme de calice, puis il fila dans la cuisine pour tirer du congélateur une bouteille de chartreuse jaune, de la cuvée MOF (*Meilleurs Ouvriers de France-Sommeliers*). Sur la façade, on voyait le symbole de l'Ordre des chartreux, en relief : le globe surmonté d'une croix entourée des sept étoiles. Flacon en verre fumé, bouchon en liège, étiquette jaune, encadrée d'un bleu nuit, liserée de bleu-blanc-rouge pour signer la participation des MOF, l'effet ne manquait pas d'élégance.

- Ce médicament comprend 130 plantes, fleurs, écorces, racines et épices. Je le sors pour les grandes occasions.

- Je n'ai jamais goûté de chartreuse. On m'a dit que c'était du sirop.

- Mais non. Je la mets au congélateur pour briser l'excès de sucre dans les arômes.

Il servit les verres.

- Vous aller voir, c'est une merveille. La liqueur va gentiment chambrer pour libérer tous ses parfums pendant que nous parlons.

Amanda semblait porter tout le poids du monde sur ses pauvres épaules.

- Alors, que s'est-il passé ?

- C'est Filembourg, l'avocate du gitan, la dingue aux cheveux violets.

- Qu'a-t-elle fait ?

- Elle a forcé la porte de mon directeur, avec une dizaine de témoignages, qui certifient que son client était à une foire, près de Caen, le jour du meurtre.

- Aïe !

- Je passe pour quoi, moi ?

- Le procédé est déloyal.

- Et pourquoi ne nous a-t-il pas dit depuis le début, ce brocanteur de malheur, qu'il était au diable vauvert le jour du drame ?

- C'est vrai que la dispute avec Maupin n'a plus d'intérêt.
- Je suis bafouée. Proche du blâme. On me reproche de n'avoir pas vérifié l'emploi du temps de ce sale type le jour crucial.
- Je reconnais qu'il a une tête de bandit, mais ce n'est pas suffisant pour l'accuser d'un crime, qu'il n'a peut-être pas commis.
- Qu'il n'a pas pu commettre !
- Oui, vous avez raison. Il n'a pas pu tuer Maupin.

Un silence tomba, tout à la fois farouche, implacable et incommodant. Le père saisit les verres et tendit le sien vers Amanda :
- Allez, il faut vous retaper. Goûtez-moi cet élixir !

La jeune femme trempa ses lèvres, d'un geste mécanique, sans conviction, puis après un premier coup, elle dégusta une autre lampée, en poussant un petit roucoulement de gorge, un sanglot de plaisir, entre soupir et gémissement.
- Hummmm, le petit Jésus en culotte de velours ! Oh, pardon, mon révérend !
- *Stat Crux dum volvitur orbis.*
- Ce qui veut dire ?
- *Le monde change, la Croix demeure.* La devise des Chartreux. Tenez, regardez-là sur la bouteille, cette Croix sur le globe. Les étoiles symbolisent Saint Bruno et ses six compagnons

fondateurs de l'Ordre, dont l'arrivée à Grenoble fut annoncée par un songe prémonitoire à Saint Hugues, l'évêque du lieu, qui rapporte avoir vu sept étoiles. Mais, si nous buvons la bouteille, nous risquons d'en voir davantage !

Amanda se mit à rire. Elle commençait à se sentir détendue sous l'effet de la chartreuse.
- Merci d'être toujours là.
- C'est Lui qu'il faut remercier, répondit le père en désignant une photo du Suaire de Turin, en négatif, sur le mur de son bureau. Il faut que je vous dise que j'ai peut-être une piste mais je ne peux pas encore vous en parler à ce stade. Je dois vérifier certaines choses. Je crois que cette affaire va bientôt se résoudre.
- Alors buvons à l'avenir, lança la jeune femme qui levait son verre.
- Et à Lisa !
- Oups, je dois aller la récupérer. Vite, il faut que file, bonne soirée, mon révérend, et vive la chartreuse !

Chapitre 19

Gargarin, le libraire de Donville-sur-mer, avait choisi ce métier par passion. Il était hanté par l'amour des livres depuis son enfance, et il avait vite réalisé qu'il ne pouvait vivre autrement qu'entouré par ces objets de papier. Il sentait la présence physique des auteurs dont les œuvres rayonnaient sur les étagères. De tête, il savait où était rangé chacun d'entre eux, par thème ou par catégorie. Et, quand il jetait un œil, depuis le fauteuil de son bureau, il pensait à l'un ou à l'autre en souriant. Il appréciait les moments de quiétude, où il pouvait s'adonner, en l'absence de tout client, à la passion coupable de son *vice impuni* - selon le mot de Larbaud - qui était la lecture.

Une jeune femme entra, usant de toute sa force pour vaincre l'ouvrant de la porte, qui ne voulait pas céder, au premier abord, et qui finit par hennir dans un craquement antédiluvien, en faisant grincer les paumelles et tinter un grelot délicieux, qui n'était pas sans rappeler la boîte à musique de la Fée Dragée. Il reconnut tout de suite Amanda, qu'il avait vue au déjeuner chez le père Brun. Ils se saluèrent avec une pointe de complicité. Gargarin était assis à son bureau, attendant de savoir s'il elle avait besoin de lui. La librairie était divisée en deux grandes pièces séparée par une large baie ouverte, de la taille d'une double porte de château fort, taillée dans le refend. Ainsi, les parties aveugles du mur de séparation étaient couvertes de livres de chaque côté. La pièce d'entrée, où trônait son bureau, accueillait les livres neufs, et l'autre, les livres d'occasion.

Amanda, n'était jamais entrée dans cette librairie, et prit un moment pour déambuler, le nez en l'air, devant les rayons. Elle aimait lire mais ses maigres connaissances en littérature se bornaient au programme scolaire. Elle avait lu Boris Vian, Victor Hugo, Emile Zola, n'ayant qu'une idée vague de ces talents. Elle se tourna vers le libraire. L'homme était costaud. Son visage était un abrégé de rouge, dans le ton des sauces italiennes qui mélangent les tomates avec les carottes. Ses cheveux drus, alignés en poil d'ours brun, ajoutaient une note musquée dans sa physionomie, que venaient châtier ses petites lunettes rondes en loupe d'orme. Elle se prit à sourire intérieurement. Imagine-t-on un libraire sans lunettes ? se demanda Amanda. En fait, ce bonhomme avait un véritable aspect si médiéval et si rabelaisien qu'il en était comique, autant que rassurant.
- Cherchez-vous un livre précis ?

Il était debout, là, tout près d'elle. Alors, elle mesura toute la force animale du gaillard. Il n'était pas grand mais il en imposait.

- J'ai besoin de me changer les idées.
- Ah, je vois. Une cure de littérature.
- Oui, c'est exactement ça.

La dernière fois, au déjeuner, elle n'avait pas repéré sa bonhommie ursine.

- On ne vous a pas ennuyée, l'autre jour, avec nos toutes nos histoires ?
- Ah non, j'ai beaucoup ri.
- Tant mieux. On aime bien rire quand on se retrouve entre *durtaliens*.
- Entre durtaliens ?
- Ah le père ne vous a pas parlé de nous ?
- Non !
- Ni de l'*Académie Durtal* ?
- Pas du tout.
- Je pensais qu'il voulait vous recruter.
- Mais que c'est que cette histoire ?
- Vous n'avez jamais lu Huysmans ?
- Non. Le père m'en a parlé.
- Un auteur à part.
- Pas trop difficile ?
- Un peu, au début, un univers étrange et somptueux à la fois. Difficile de s'immerger, on y va doucement, pas après pas, comme pour se baigner dans la Manche. Mais une fois qu'on a plongé…

- Et qui est Durtal ?

- Le personnage principal de son œuvre, une sorte de double de l'auteur.

- Et par quoi faut-il commencer ?

- *A rebours* ! Un ovni littéraire.

- A ce point ?

- Oui, sans ce livre, Oscar Wilde n'aurait jamais écrit *Le portrait de Dorian Gray*. C'est lui aussi qui a fait connaître Mallarmé.

Amanda se souvint qu'elle avait dévoré ce livre si étrange de Wilde, car elle s'était laissée possédée par sa beauté.

- Ensuite, vous pourrez lire *Là-bas*, qu'il a écrit juste avant sa conversion. Durtal prépare une biographie de Gilles de Rais et, avec ses amis, il devise d'occultisme, d'astrologie, de spiritisme, de magie et de satanisme.

- Rien que ça !

- Et plus tard, vous pourrez explorer la magnifique trilogie des œuvres catholiques : *En route - La cathédrale - L'oblat*.

- Je vais commencer par prendre les deux premiers. Ce sera déjà bien.

Puis, tandis que le libraire s'employait à glisser les deux livres dans un sac en papier, elle lui demanda :

- Avez-vous des nouvelles du père ?

- On ne le voit pas beaucoup.

- Ah, il est plus occupé que d'habitude ?

- Je crois savoir qu'il se démène après un meurtrier, fit Gargarin d'un air innocent, car il tire cette fois sur la bonne pelote, mais si j'ai bien compris le fil est ténu.

- Au fond, si je veux avoir des nouvelles de mon enquête, je dois venir vous voir ?

- Donville est un village, vous savez !

- Un village où les meurtriers se cachent en toute impunité.

Le libraire avait posé sur son bureau, les deux livres de Huysmans, cuirassés par le sac en papier.

- Je peux vous assurer d'une chose. Si le père se démène autant, c'est qu'il va dénicher votre meurtrier. J'en fais le pari !

Cette confiance aveugle dans les capacités du père Brun ne laissait pas d'interroger, autant que de dérouter, l'esprit d'Amanda, lequel, baigné d'éducation rationaliste, ne pouvait s'empêcher de lutter contre la défiance qu'elle octroyait aux gens de Foi. Mais d'un autre côté, la loyauté du père, et toutes ses démarches en sa faveur, ainsi que ses continuelles marques d'encouragement, de soutien, de cordialité, l'inclinaient à penser qu'il valait mieux qu'un simple bénéfice de sympathie, et qu'il méritait de gagner toute sa créance, tant son amitié était seule capable de repousser les souleurs qui, parfois, venaient lui fouetter l'âme.

Soudain, elle se rappela le nom du père, celui de l'état-civil.

- Georges Cavalio de Saint-Charles, c'est un curieux nom pour un franciscain.

- Les Cavalio sont une antique famille de patriciens romains. Ils ont reçu le titre de Saint-Charles, pour faits d'armes et services rendus à la cour de Charlemagne. Mais ils sont arrivés en Bretagne sous Louis XIII.

- Il n'est pas un vrai breton, alors !

- Détrompez-vous, par sa mère, il descend des premiers rois de Bretagne.

- Ah, il m'avait dit qu'il était parent avec Chateaubriand.

Amanda laissa circuler un regard incisif. La librairie inspirait douceur et placidité. Tout était-il bien réel ? Que faisait-elle donc dans ce sanctuaire de la culture à discuter de généalogie avec un ours brun ? Et tous ces livres pour qui étaient-ils écrits ? Elle réprima un vertige qui la fit reculer d'un pas. Son esprit fut pris soudain par une idée folle. Elle imagina qu'il existait, quelque part dans l'univers, une bibliothèque idéale, où se trouvaient réunis tous les livres possibles sur la base d'un alphabet à vingt-six lettres. Mais qui pouvait donc abriter une telle bibliothèque, presque infinie, parce que le nombre des combinaisons semblait lui-même illimité ?

Sans le savoir, elle avait effleuré le thème d'une nouvelle de Borges, *La bibliothèque de*

Babel. Elle ignorait la puissance des esprits qui sont concentrés dans une librairie, et l'influence qu'ils possèdent sur les humbles mortels, tous en quête d'émotions justes. Elle se rasséréna, la crise était passée. Mais elle avait suffoqué, un bref instant, ayant perdu, pour une pincée de secondes, tout sens d'orientation et d'identité, chancelant au bord de l'évanouissement, lorsqu'elle avait vu mentalement les rayons immenses de cette bibliothèque idéale, avec l'impression écrasante que sa poitrine allait éclater.

Elle se rapprocha du bureau pour prendre ses livres avant de partir.

Et soudain, au moment de payer :

- Je me demande si ce n'est pas un auteur trop compliqué pour moi.

- Non, il faut juste y entrer. Rappelez-vous le bain dans la Manche !

- Mais, avant le père et vous, je n'avais jamais entendu parler de ce Huysmans.

- C'était pourtant le premier président de l'Académie Goncourt.

- Mais je ne suis pas croyante, et je ne sais pas si ce type de littérature va me convenir.

- André Breton, qui n'était pas vraiment une grenouille de bénitier, ne cachait pas son admiration pour l'œuvre de Huysmans.

- Ah vous êtes comme le père, vous avez réponse à tout !

- C'est le bon côté des durtaliens, ajouta Gargarin avec un clin d'œil.

Chapitre 20

Amanda avait franchi le pas de la grille, sans pouvoir retenir un petit sourire. C'était la première fois qu'elle piétonnait dans l'enceinte d'un collège depuis son adolescence. La cour était vide, puisque les élèves penchaient le dos sur leurs cahiers dans les salles de classe. Tout de même, la sensation de fouler le sol d'une cour d'école lui faisait monter un brouillard d'images fusionnées dans une vapeur de sons, telle une colonne de fumées, un encens de souvenirs multicolores, évadés d'un brûloir. Alors, une autre Amanda s'éveilla en elle, une Amanda en butte aux injustices du monde, aux dégradations de l'environnement, au racisme et à la pauvreté des pays lointains, aux excès du capitalisme, à la folie des grandes entreprises et de Wall Street. Comme ce temps paraissait loin désormais !

La sonnerie annonça la fin de la journée. Pour éviter la ruée, elle grimpa dans les étages à la recherche d'une classe de 3ème, qui apparut au moment même où la porte s'ouvrit sur une troupe d'élèves paisibles et visiblement joyeux. Le père était assis au bureau. Sur le grand écran du tableau, un diaporama était projeté, où une Vierge, peinte à genoux, recevait la visite d'un ange. C'était une très belle peinture ancienne et la richesse de ses couleurs avait cinglé le regard d'Amanda, éblouie. Une fois la classe vidée de ses élèves, elle entra :

- On m'a dit que je vous trouverais ici.
- Ah bonjour Amanda !
- C'est différent du cimetière.
- Il faut varier les plaisirs.
- De quoi parliez-vous aujourd'hui ?
- Du mystère de l'*Annonciation*.
- Expliquez-moi !
- Le moment où l'ange Gabriel vient dire à Marie qu'elle sera la mère du Sauveur : « Je vous salue Marie ».
- Et vous leur montrez des tableaux ?
- Oui, le thème de l'*Annonciation* est lié à l'introduction de la perspective dans la peinture de l'art occidental.
- C'est-à-dire ? demanda-t-elle intriguée.

Le père s'empara d'une petite commande électrique pour projeter l'image d'une peinture :
- Voici un tableau de Jean Fouquet, sous l'œuvre on a cette légende : *l'entrée de l'Empereur Charles IV à Saint Denis, en 1460*.
- C'est bizarre, on dirait que les lignes ont été arrondies par un miroir déformant.

- Très juste. C'est la perspective cursive. Et ce célèbre tableau de Jan Van Eyck, avec la légende suivante : *les époux Arnolfini, en 1434*. Evaluez par vous-même, on a tracé les lignes de profondeur. Distinguez-vous des points de fuite ? Combien en comptez-vous ?

- J'en vois au moins trois !

- C'est juste.

- Et dans ce plafond d'Andrea Mantegna, avec la légende : *Palais de Mantoue, la chambre des époux, entre 1465 et 1474* ?

- On a l'impression que les points de fuite sont dans le ciel.

- Parfaite illusion ! C'est le principe de la perspective aérienne.

- Il existe donc plusieurs catégories de perspectives ?

- Vous êtes très douée Amanda !

Elle s'étonna elle-même de sa pertinence car elle possédait peu de connaissances dans les arts de la peinture.

- La technique du point de fuite, ou de la profondeur et des proportions, ne date pas de la Renaissance.

- Ah bon, vous croyez que les Anciens maîtrisaient l'art du point de fuite ?

- Boèce invente le mot « *perspective* » au VIème siècle, pour traduire le grec *optika*. Ainsi jusqu'à la Renaissance, perspective et optique sont synonymes.

- Et avant lui ?

- Bien sûr, les géomètres de l'Antiquité ne pouvaient pas ignorer les lois de ces figures.

- Ah oui, Thales et Pythagore.

- Admirez cette mosaïque de Pompéi, qui est antérieure au 1er siècle avant JC, avec ces savants unis dans l'Académie de Platon. Sur le côté, des colonnes sont dessinées en respectant les lois de la perspective. Vous vous rappelez ? *Que nul n'entre ici, s'il n'est géomètre* : c'était la devise gravée à l'entrée de cette Académie.

- On a l'impression que les Grecs avaient tout inventé !

- Regardez ce joli croquis d'Aristarque de Samos, qui vivait au IIIème siècle avant JC. La copie du Xème siècle, ici projetée, reste fidèle à l'esprit de ses travaux, en particulier pour ses calculs sur les dimensions relatives de la terre, de la lune et du soleil.

- Bon sang. On voit un point de fuite pour définir les différentes proportions des astres !

- Dans les autres civilisations, on trouve aussi des éléments de perspectives. Tenez, cette enluminure médiévale d'un texte hébreu. On y discerne des formes géométriques, ainsi que dans l'art islamique, sur le motif du XVIIIème siècle dans cette mosquée Selimiye en Turquie.

- Et dans l'estampe japonaise de Suzuki Harunobu, c'est flagrant !

- Oui, cette femme du XVIIIème siècle se tient dans un patio, au bord d'un jardin, et l'on différencie aisément les lignes de fuite. Examinez maintenant cette peinture chinoise d'un paysage traditionnel.

- On distingue nettement la dissemblance entre premiers plans et fond des montagnes. On devine une impression de profondeur, avec de justes proportions.

- Exact ! Et dans cette peinture indienne traditionnelle ?

- On voit des personnages dans un jardin, sous les murs d'un palais, dont toutes les lignes convergent, ainsi que celles des arbres, vers un point de fuite unique. C'est incroyable !

- Enfin, observez ce masque Tchokwe, du Congo. Dans l'art africain traditionnel, on peut trouver un sens aigu des proportions, mais aussi de la profondeur.

- Je suis épatée.

- Maintenant, admirez cette icône célèbre de Roublev. On y compte les trois anges qui ont visité Abraham, comme une annonce des trois personnes la Sainte Trinité. Elle est datée de 1427. Soit la même période que celle qui nous intéresse dans la peinture italienne.

- C'est vrai qu'on voit des lignes de fuite, mais il y a plusieurs points de fuite !

- Bravo ! Vous commencez à bien voir.

Amanda était fascinée par tout ce qu'elle découvrait au point de flatter l'illusion d'avoir des yeux nouveaux.

- Mais quand le point de fuite unique a-t-il été imposé ?

- J'y viens. Mais avant, observez encore ces deux tableaux. Ceci est une *Flagellation du Christ*, par Pierro della Francesca, entre 1444 et 1478. A gauche, la salle d'un palais romain où le Christ se fait flageller entre des colonnes. Et à droite, trois personnages discutent dans une rue au cœur d'une ville italienne.

- C'est bizarre, on dirait que ce sont deux tableaux différents, aux proportions distinctes, et on perçoit néanmoins une unité.

- Oui, c'est l'œuvre la plus commentée dans l'Histoire de l'Art, tout d'abord en raison de sa complexité géométrique mais aussi, en dépit des apparences, de sa maîtrise absolue de la perspective. Les points de fuite différents procurent un effet saisissant aux deux scènes, lesquelles sont séparées par quoi ?

- Par une colonne !

- Et maintenant ce *Saint Sébastien*, daté de 1478, par Antonello de Messine.

- Il est immense !

- Où se trouve le point de fuite ?

- Tout en bas !

- Bravo ! Vous avez assimilé qu'on peut jouer avec les points de fuite autant qu'on veut pour créer les effets qu'on souhaite. Il vous est loisible de conclure que la perspective linéaire, imposée par la Renaissance italienne, était le fruit d'une volonté. Je vous le prouve avec un dernier tableau cubiste :

Le *Café du Commerce*, de Jean-Emile Laboureur, en 1913.

- C'est dingue, il y a des lignes partout et des dizaines de points de fuite !

- Absolument. Le cubisme est un choix de déconstruire la forme. C'est-à-dire, l'inverse de ce qu'ont réalisé les artistes de la Renaissance.

- C'est fou, j'ai l'impression que tout est simple ! Mais alors, ce point de fuite unique ?

- Fillippo Brunelleschi s'est rendu célèbre pour avoir entrepris le dôme exceptionnel de la cathédrale de Florence, mais il demeure surtout le premier utilisateur ingénieux de la *tavoletta* (a-t-il seulement conçu le procédé ?).

- De quoi s'agit-il ?

- Regardez ce croquis ! Un quidam scrute à travers une sorte de planchette. C'est lui, c'est Brunelleschi, réalisant une expérience, en 1415, sur la place San Giovanni à Florence, avec un miroir et un dessin monté sur une planchette. Il a crayonné le baptistère selon une perspective rigoureuse, avec barre d'horizon et point central, là où les lignes convergent, en ayant pris soin de percer un trou dans la *tavoletta* pour laisser se réfléchir l'image du baptistère dans le miroir. Le fait est que n'importe quel observateur, qui se tiendrait au point précis où le peintre a effectué son croquis, peut dresser le constat, à la fois simple et irréfutable, que le dessin se superpose parfaitement à l'édifice, situation qui a pour effet de produire une illusion parfaite de la réalité.

Alberti, donne une explication scientifique à ce phénomène, dans ton traité *Della Pictura*, en 1435. L'œil constitue le point de vue à partir duquel il construit une pyramide visuelle, l'organe étant le sommet de cette pyramide dont la base est la surface plane.

– Incroyable !

– C'est réellement l'ancêtre de la chambre noire (*camera en italien*) utilisée plus tard pour la photographie et pour le cinéma.

– Fascinant ! Mais quel est le rapport avec l'*Annonciation* ?

– Nous y venons. Vers 1425-1440, naissent à Florence de nouvelles formes d'*Annonciation*, fondées sur un dispositif centré, symétrique, lequel va conduire le regard vers un lieu clos, mystérieux. Commençons avec Lorenzetti, datée de 1344.

– Le fond est tout doré.

– En effet, l'influence de Byzance. L'or était réservé aux peintures à caractère sacré. Mais ce qui nous intéresse est l'apparition timide du point de fuite pour le dallage losangé du sol, lequel apparaît moins clairement pour le reste de la scène.

– Ah oui, les proportions sont inégales.

– Par quoi sont séparés la Vierge à droite et l'Ange à gauche ?

– Par une colonne assez mince.

– Voici maintenant Fra Angelico en 1426.

– Oh c'est ravissant !

– Angelico était un moine aimable, pieux, doux, très sensible. Huysmans nous révèle qu'il

pleurait en peignant des *Crucifixions*. Mais ce qui retient ici notre attention c'est la multiplication des colonnes. Par quoi sont séparés la Sainte Vierge et l'Ange Gabriel ?
    - Par une colonne !

Chapitre 21

- Allô ?
- …
- Quoi ? Où ça ? Au Manoir ?

Les traits d'Amanda s'étaient alors jaspés de tensions mandibulaires, qui lui déformaient le bas du visage. Tout son corps s'était bandé sous l'effet de cet appel, comme une colonne élevée vers le ciel, obéissant à un point de fuite invisible, imitant, peut-être de façon impulsive et inconsciente, l'étirage atroce et implorant du *Saint Sébastien* d'Antonello de Messine.

- Merci, je passerai tout à l'heure.

Elle raccrocha, déposa son téléphone sur une table, et lança des yeux blutés par les mots du père vers l'image projetée sur le mur de la classe. On y voyait, face à face, une Vierge et un ange à genoux, dans une sorte de palais.

- Il y a eu un cambriolage au Manoir, fit-elle sans jamais avoir quitté des yeux cette nouvelle *Annonciation*, comme si la force d'attrait émise par cette œuvre lui permettait de se détacher de ses propres paroles.

- Ah ? Un lien avec notre affaire ?
- Avec *votre* affaire, voulez-vous dire, lui répondit-elle, en insistant sur « *votre* ».
- Quoi ?
- Je sais que vous faites des cachoteries. On m'a répété que vous étiez sur la piste d'un suspect mystérieux. Et je ne vous vois plus !

Il voulut brocarder, mais devant la mine désappointée d'Amanda, il baissa d'un ton.

- Ecoutez, je dois faire des vérifications avant de vous livrer mes éléments. Vous serez la première avertie !
- Je vois, vous préférez me tenir à l'écart. Sachez que toute entrave à l'action de la justice est considérée comme un délit.

Le père leva les yeux au ciel :

- Je déteste les procès d'intention. Faites-moi confiance et laissez-moi quelques jours !

Amanda ébaucha une moue de lassitude profonde, et puis, désignant du menton l'image sur le mur :

- Alors, on continue ?
- Si vous voulez, mais je ne veux pas vous retarder.
- Non, j'irai au Manoir dès la fin de votre projection. Je veux d'abord percer le mystère de ces *Annonciations*, avant de m'en retourner vivre dans le monde réel.

- Mais l'Art nous permet de comprendre le monde réel, il lève un coin du voile sur tous les mystères de la beauté à l'origine du monde. Il est une *révélation*, du latin *velum* : le voile, *revelare* : lever le voile !

- *Révélation*, répéta-t-elle en murmurant, comme si elle tentait d'imprégner son esprit de chaque syllabe, sur *l'andante* d'une musique intime et rythmée par le secret d'un mantra.

- En grec, *apokalupsis* veut dire : action de révéler. C'est l'origine du mot *Apocalypse*, le dernier livre de la Bible.

- *Apocalypse*, répéta-t-elle en murmurant, comme si les sons d'une prière s'échappaient de ses lèvres pour constituer les premières notes d'un cantique.

- Vous comprenez mieux pourquoi l'Art et le religieux sont imbriqués depuis la nuit des origines. Ce sont tous deux des *révélations*.

- Captivant !

- Revenons à nos *Annonciations*. Voici un tableau de Francesco del Cossa, daté de 1472. Il montre une Vierge debout, hiératique, et cette fois l'ange nous tourne le dos. Mais que fait la Sainte Vierge au beau milieu d'un palais romain ? Quelque chose d'indécent s'est faufilé dans cette idée. Que voyez-vous entre les deux personnages ?

- Une colonne ! Mais pourquoi toutes ces colonnes entre la Vierge et l'Ange ?

- Enfin, la question essentielle !

- Merci !

- La colonne symbolise le lien particulier entre le Ciel et la Terre, entre le haut et le bas, entre le divin et l'humain. Elle relie ce qui est séparé, elle constitue l'axe du monde, elle est un élément sacré. Elle soutient la construction, sans elle pas d'édifice, pas d'église, dont elle reste l'unité élémentaire. Sa duplication permet *d'assembler* chaque partie dans le tout. *Eglise*, vient du grec *ekklêsia*, traduit par : *assemblée*.

- Je réalise que je suis ignare…

- Alors pourquoi donc cette colonne dans nos *Annonciations*, entre la Vierge et l'Ange ? La réponse se trouve dans l'Exode, au moment où les Hébreux ont enfin quitté l'Egypte, avec Moïse, pour cheminer vers la Terre Promise, dans le désert : « *Le Seigneur lui-même marchait à leur tête : le jour dans une colonne de nuée pour leur ouvrir la route, la nuit dans une colonne de feu pour les éclairer* ».

- La colonne c'est Dieu ?

- Bravo ! L'ange vient annoncer que Dieu va s'incarner, qu'il va devenir un humain, le bébé de la Sainte Vierge. Or, Dieu existe depuis toujours, il n'apparait pas au jour de la visite de Gabriel. Ainsi, pour symboliser sa présence éternelle, puisqu'Il est déjà là *en tant que Dieu*, mais pas encore *en tant qu'homme*, les artistes font le choix d'installer cette colonne au centre du tableau.

- C'est prodigieux !

- La tradition byzantine. Mais décillez-vous, et observez bien le bas du tableau.

- Oh, il y a un gros escargot !

- Que fait-il ici ? Pourquoi est-il si gros ?

- C'est amusant. On dirait presque qu'il a été ajouté.

- Permettez-moi de lire le commentaire de Daniel Arasse, célèbre critique d'art : « *L'anomalie de l'escargot vous fait signe : elle vous appelle à une conversion du regard et vous laisse entendre : vous ne voyez rien dans ce que vous regardez, ce pour quoi, dans l'attente de quoi vous regardez : l'invisible venu dans la vision* ».

- L'invisible venu dans la vision...

- Le divin, ou... la perspective !

- C'est étourdissant !

- *Vous ne voyez rien,* dit-il, *dans ce que vous regardez*. Un peu comme une enquête de police n'est-ce pas ?

- Malheureusement !

- Et maintenant, une œuvre de Botticelli, datée de 1485. Combien de colonnes comptez-vous, entre la Madone et l'ange ?

- Trois ! J'ai compris. C'est la Trinité !

- Décidément, vous apprenez vite. Et là, que voyez-vous, dans cette *Annonciation* datée de 1469, de Piero della Francesca ?

- Une répétition de colonnes à l'infini. On croirait un jeu de miroir. L'infini, c'est Dieu ?

- Bravo ! Et dans ce tableau de Masaccio daté de 1428, l'année de sa mort ?

- Entre la Vierge et l'Ange, on devine une porte, tout au fond d'un jardin, à travers une baie encadrée par deux colonnes.

- Qui est la Porte de la Vie éternelle ?
- C'est Jésus ?
- Oui. Mais un autre élément se fait jour : le jardin, mémoire de l'Eden disparu. C'est l'irruption de la Nature. Regardez bien Amanda, ici, ces deux *Annonciations* de Filippo Lippi, à gauche datée de 1440 et à droite de 1466.
- Ah oui, c'est incroyable. A gauche, il y a la colonne, et à droite elle a disparu !
- Et que voit-on à droite, entre la Vierge et l'Ange, à la place de la colonne disparue ?
- Un paysage.
- En effet, on y voit la Nature. Enfin voici notre dernier tableau avec Léonard de Vinci, daté de 1475.
- Incroyable ! La Madone et l'Ange sont dans un jardin. Plus de colonne !
- Oui, ils sont dans la Nature, et l'on voit, entre eux, une montagne dans les lointains.

Amanda resta plantée un moment devant le Vinci. Elle connaissait *Joconde* et *Homme de Vitruve*, mais jamais elle n'avait posé ses yeux sur cette *Annonciation*, qui la fascinait. Dans le fond lointain, la montagne ressemblait à tous ces autres paysages si tourmentés de Léonard, qui se perdaient dans des bleus très pâles et déjà gris. Devant elle, comme la bordure de civilité d'un *hortus conclusus*, hérité du jardin clos, symbole depuis le Moyen âge de la virginité de Marie, des arbres moirés de vert sombre étaient alignés comme des pinceaux dans une boite à couleur. L'Ange est penché en avant, posé sur un genou, dans un élan qui ne manque pas d'élégance. A main gauche un lys blanc, symbole de pureté. Nous sommes dans un pré fleuri, allusion à la ville de Nazareth, car, selon Saint Jérôme, le mot est issu de l'hébreu *nester* qui veut dire *fleur*, tel que Saint Bernard l'avait commenté, et tel que Jacques de Voragine l'avait popularisé. Devant la Sainte Vierge, un lutrin de porphyre, inspiré du sarcophage de Pierre 1er de Médicis. Elle est très gracieuse, telle une princesse florentine du XIVème siècle. De sa jolie main gauche, elle fait un geste de surprise.

- Conclusion ? demanda le père
- J'ai compris que la colonne, le symbole de Dieu, a disparu ?
- Remplacé par quoi ?
- La Nature ?
- Et quoi d'autre ?
- La perspective ?
- Bravo ! Les Mathématiques et la Nature.

Amanda contemplait le chef d'œuvre.

- Vous avez vu surgir, sous vos yeux, les idées modernes dans l'Art sacré.
- Je suis sans voix !
- Mais pas sans yeux !
- Bon, je dois partir. Promettez-moi de me tenir au courant de votre enquête !
- Je vous le promets !

Amanda jeta un dernier regard vers le mur où le beau Vinci triomphait dans tout l'éclat de ses couleurs savamment déployées :

- Mais, du coup, le symbole de Dieu a disparu dans les tableaux des *Annonciations* ?

- C'est le drame de la modernité, résumé en quelques toiles italiennes.

Chapitre 22

Après la visite faite au Manoir, Amanda eut besoin de se détendre. Deux gendarmes sur les lieux prenaient des photos, et s'occupaient des premiers éléments de l'enquête. Mais c'était un cambriolage sans ampleur, qui ne tramait sans doute aucun lien avec le meurtre. Elle fila pour marcher dans les rues de Donville, et tomba nez à nez avec Melle Martin, la jeune organiste qui se dirigeait vers l'église.
- Ah, bonjour, vous allez bien ?
- Oui, merci, je vais répéter.
- Ah, je peux vous écouter ?
- Bien sûr, avec plaisir.

Elles entrèrent dans la collégiale et Melle Martin plongea sa main dans le bénitier pour se signer, pliant et dépliant les jambes, d'un petit coup sec, son genou droit plus abaissé que le gauche, en vue d'accomplir une génuflexion tournée vers le Saint-Sacrement, accompagnant son relèvement

d'un petit soubresaut juvénile, qui vint gîter, dans ce geste solennel, la grâce d'une tournure légère et, mue par une idée qui s'avérait immanente, la jeune organiste obliqua vers Amanda, pour lui demander, en désignant une petite porte :
- Dites, ça vous plairait de monter avec moi ?
- Où ça ?
- Dans la tribune. La console de l'orgue se trouve là-haut.
- Ah d'accord. Oui, je veux bien.

Et Amanda suivit Melle Martin dans un colimaçon étroit, en vue d'accéder à cet étage qui couronnait le bas de la collégiale, puis, une fois enjambée la dernière marche, elle vit apparaître un buffet grandiose, tout en bois sculpté, au souffle rabelaisien. Dans la pénombre luisaient, comme le manteau de la Vierge, des petites escarbilles de soleils sur les tuyaux métalliques. Lorsque Melle Martin illumina les trois ampoules qui procuraient à sa console des raies de lumière aux angles serrés, d'autres particules d'ondes électromagnétiques allèrent s'échapper à côté des faisceaux coniques, en totale liberté, pour permettre de fourgonner des yeux, et dessiner, dans l'ombre enveloppante et mystérieuse, moult conformations énigmatiques. Amanda discerna que l'ensemble était richement décoré, bois sculptés, moulures et guirlandes, avec des personnages de la Bible, des arbres du Jardin d'Eden, ainsi que des monstres marins qui tenaient les tuyaux, tous alignés, pompeux et droits, comme des soldats au jour de la parade.

Assise à sa console, l'organiste lui parut encore plus petite. Devant elle, trois claviers en gradin, encadrés par deux bouquets de boutons, sous ses pieds, un immense pédalier, ainsi que trois pédales *crescendo*, nichées dans un creux du meuble, et devant ses yeux, un pupitre sur lequel elle ouvrait ses livres de partitions. Melle Martin posa les mains sur son banc, de chaque côté de ses hanches, et joua du séant, dans un mouvement charmant et drôle, pour chercher la meilleure position. Puis, elle tourna la tête vers Amanda, qui poireautait derrière elle, pour lui faire signe de se mettre à sa gauche :
- Vous aimez la musique d'orgue ?

Amanda se trouva un peu sotte, et ne put s'empêcher de répondre :
- En réalité, je n'ai jamais entendu de musique d'orgue, sauf... (Et elle hésita à finir sa phrase) sauf dans *Fantomas*.
- Ah je vois, répliqua Melle Martin avec l'air le plus sérieux du monde. Alors accrochez-vous.

Et la petite jeune fille posa ses mains et ses pieds, sur les claviers et sur le pédalier, puis dans une détente imprévisible, qui ressemblait à l'attaque d'un fauve, elle libéra un boqueteau de sons qui firent trembler le sol. Tout l'édifice sembla vibrer sous l'effet de cette démence.

Ses bras dansaient au-dessus des claviers comme ceux d'une Esméralda, son corps, rivé à son vieux banc, bahutait comme un fétu dans la tempête, et ses jambes tricotaient par-dessus le pédalier, ainsi que les navettes d'un métier à tisser. Soudain, la silhouette frêle de l'organiste s'anima sous la dureté d'une virulence inouïe. De tout son petit corps chétif irradiait une sorte d'énergie souveraine, un ressort, qui se diffusait dans toutes les pierres de l'édifice. On eut dit que la collégiale était vivante, sous l'offensive d'un gigantesque friselis et qu'elle frémissait pour manifester sa gratitude. Mais, comme dans la librairie, Amanda fut assaillie par un vertige. Elle s'imagina que ce corps dérisoire, modeste, tout menu, d'habitude si tranquille, maintenant tout désarticulé comme un pantin, dissimulait une vigueur capable de pousser un homme par une fenêtre.

Et si ce diable de meurtrier, qui la hantait et qu'elle pourchassait depuis des semaines, se trouvait là, sous ses yeux, baigné d'une pluie de sons aigus et graves, tous ensemble amalgamés pour éclater en symphonie ? Certains des sons étaient écuissés, d'autres étouffés, ou d'autres encore vibrionnants, selon le jeu des boutons, posés sur les côtés des claviers, qu'elle délivrait d'un simple coup de doigt, et sous ses pieds qui gigotaient, indépendamment du boléro de son buste, un torrent de gravités s'encascadait vers la nef, pour aller rouler sous les ogives brisées du chœur, jointes en mains de prière, avant de revenir amplifiées par un écho barycentrique, entrelacé d'un cortège de notes éclissées dans le souffle péplumique des orgues en furie.

Elle se mit à supposer que le père et ses amis connaissaient toute la vérité. Tout vibrait autour d'elle et en elle. Amanda se trouvait sur le point de céder au vertige, quand l'organiste joua les dernières notes de sa pièce magistrale, pour faire rugir la puissance de son instrument, jusqu'à l'expiration des notes dans les clameurs sourdes d'un ultime brondissement majestueux. Et se tournant vers Amanda, qui s'apaisait dans le silence, elle lui demanda :
- Alors, cette entrée en matière ?
La jeune policière était encore ébaubie et ne dit pas un mot.
- C'était l'*Allegro* de la 6ème de Widor.

Amanda était incapable de parler. Elle ne voyait plus de musicienne, elle ne voyait que la meurtrière. Mais, avant qu'elle ait pu recouvrer ses esprits, Melle Martin reprit son souffle, puis, une nouvelle fois, elle se détendit comme un fauve, à l'attaque d'une nouvelle pièce.

Soudain, Amanda se sentit enveloppée par une présence surnaturelle, sans être capable de discerner si elle était amicale. On aurait dit qu'un géant marchait à pas de loup sous les voûtes de la collégiale, puis un thème plus clair, plus serein, s'annonça. Il se répéta ; de nouveau les pas de loup. Peu à peu les lignes mélodiques s'entrecroisèrent dans une élégante broderie de sons, denses, clairs, et de plus en plus robustes, pour s'écraser sous une explosion baroque de tonalités diaprées, cristallines, gourmées d'une pesanteur profonde et solennelle.

- C'était la *Toccata* de la *Suite gothique* de Boëllmann.

Amanda n'écoutait plus rien. Elle savait que le meurtrier de l'antiquaire se trouvait sous son nez. Tout bourdonnait dans ses oreilles, et Melle Martin se courba de nouveau devant ses claviers pour entamer une autre pièce. Amanda n'entendit qu'un furieux brouhaha, un soufflement de vibrations cotonneuses. Et, dans sa poitrine, du côté cœur, elle sentait de lourds tremblements, des petits sursauts, tout son être transpercé par cette intuition qui se muait en certitude.

Là, sous ses yeux, la meurtrière déployait, à force de tournoiements, de moulinets et de brassées giratoires, la plainte vigoureuse de son harmonica géant, en vue d'annoncer au monde entier la triste puissance de son crime, juchée sur son banc, à la manière d'un vautour coriace attaché à la branche d'une potence. Et soudain, l'édifice trembla de nouveau, sous l'effet d'une force nouvelle, sous l'impulsion d'une musique surgie de le profondeur des mers, une sorte de symphonie inquiétante et fluide, qui transforma la collégiale en *Nautilus*, laissant à croire que tout le bâtiment avait été englouti dans la nuit des abysses, et peut-être même dans le ventre d'un monstre blanc, comme celui du roman de Melville.

- Saint-Saëns ! cria la jeune fille, comme un défi jeté au visage d'Amanda, les yeux pris d'une fièvre brillante qui achevèrent d'allumer le feu de la certitude. Oui, c'était bien elle, oui elle avait tué Maupin, oui, cette jeune femme se payait sa tête, en jouant des morceaux d'orgues plus infernaux les uns que les autres. Oui, Amanda avait compris que le père Brun la protégeait, lui et sa bande d'intellos, tous complices du crime. Et elle s'apprêtait à quérir de l'aide, quand la jeune organiste, pour mieux railler son intime conviction, se mit à hurler :
- Faust !

Et ce ne fut qu'un sabbat de notes sous les voûtes séculaires de la collégiale, une diablerie de solfège, une orgie profane, dans ce temple sacré, un désordre magnifique et grandiose, une débauche de maléfices, qui avaient engourdi le corps d'Amanda, au point de paralyser sa main, enfoncée dans sa poche, incapable d'empoigner son téléphone pour appeler à l'aide. A coup sûr, une puissance invisible et malfaisante s'était emparée de son esprit pour l'empêcher d'agir. Elle sentit bientôt un voile blanc descendre devant ses pupilles. Alors, dans un ultime

sursaut de rage, luttant contre une douleur infinie, une raideur paralysante, elle réussit à saisir son téléphone, pour envoyer le texto suivant à ses collègues :
>   *Urgent*
>   *Venez à plusieurs*
>   *Tribune d'orgue de la collégiale*

Chapitre 23

Melle Martin, arrêtée par les gendarmes, fut conduite en cellule. Elle pleurait toutes les larmes de son pauvre faible corps malingre, et clamait son innocence par des séries de petits cris stridents, qui semblaient hués d'une nichée de chats-huants, mais Amanda avait retrouvé, dans le sac à main de la jeune organiste, ainsi que le trophée d'une longue partie de chasse à courre, le portefeuille de Frédéric Maupin, ce malheureux antiquaire dont le destin fut affreusement raccourci, à la seconde même où il choqua le sol du Manoir, après un terrible plongeon tournoyant depuis la fenêtre du troisième étage.

Amanda souriait, elle rayonnait de liesse et de bonheur. Elle conjecturait que le père allait se montrer déçu, qu'il allait la supplier en vain de libérer la jeune organiste, parce qu'il avait besoin d'elle pour ses messes, qu'il allait faire appel aux élans de son cœur, mais le lieutenant Lemercier ne doutait pas qu'elle resterait aveugle et implacable, comme ces anciennes statues de la Justice, bandeau sur les yeux, qu'on avait inopportunément retiré des prétoires modernes.

L'arrestation de la jeune organiste avait donné lieu à de nombreux échos dans la presse. Des grappes de journalistes sillonnaient désormais les rues de Donville-sur-mer à la recherche d'un *scoop*, d'un ragot, d'une confidence, promenant micros et caméras dans tous les recoins de la ville. A longueur de journée, les chaînes d'informations en continu diffusaient le portrait de Melle Martin, tant et si bien qu'on pouvait supposer, avec l'effigie invasive de *Big Sister*, qu'elle occupait désormais le sommet de la pyramide sociale, comme la nouvelle allégorie de cette époque ondoyante, telle une créature virtuelle, une icône de propagande.

Sa photo avait inondé les réseaux sociaux, reléguant les stars de cinéma et les vedettes du sport au dernier rang des célébrités. Un signe # fut dédié à son nom, qui monta en tête de tous les mots-clics, et bientôt suivirent pléthores de # avec son nom sous toutes les formes. Ce fut un vrai déferlement, comme un torrent de montagne après une grosse pluie d'orage, lorsque son lit ne peut plus contenir le débit pharamineux des eaux en furie. Des insultes pleuvaient, comme les sauterelles pendant les Dix plaies d'Egypte. On se cherchait querelle pour un mot, pour une virgule, une apostrophe. Partout sur la Toile ce ne fut que haine et acharnement, bêtise et fureur, à croire que les cœurs humains avaient besoin de déverser, à grandes bordées, toute la puanteur abjecte de leurs égouts, en confiant, à ces orgies virtuelles, le pouvoir de communier dans un sublime déchaînement de malveillance, tandis que Melle Martin huait toute seule dans sa cellule.

Bientôt la presse internationale s'empara du sujet, à son tour. On ne pouvait plus voyager, d'un aéroport à l'autre, sans laisser glisser les yeux sur le visage de Melle Martin, étalé sur de petites affiches à l'entrée des kiosques. A bord des avions, avec les couvertures de magazine, on emportait jusque dans les airs le portrait de la jeune organiste. Il devenait impossible d'échapper à son petit visage poupin, car il apparaissait en alerte sur les pages d'information des écrans d'ordinateur ou de smartphone, au plus grand dam des foules agacées qui maugréaient à force de butiner sa figure juvénile, tandis que Melle Martin essorait, seule dans sa cellule, toutes les larmes de son corps.

Ce phénomène d'imprégnation des parties subconscientes de l'esprit humain n'échappait pas aux enfants, se précipitant pour jeter des cailloux dès qu'une affiche était posée sur le trottoir, devant une *Maison de la presse*, avec l'effigie honnie de la jeune fille. C'était à qui percerait, à travers le carton de son portrait, les yeux de l'organiste. Certains même, inspirés par un curieux talent artistique, se plaisaient à dessiner des cornes, des dents pointues, imaginant sans doute qu'elle était parente avec un comte célèbre des Carpates. Dans les cours d'école on se battait pour jouer le rôle de Melle Martin ou celui de Frédéric Maupin. On se grimait en sorcière, inconscient des ravages que pouvait générer ce ruissellement de rage et de haine, tandis que Melle Martin geignait dans sa cellule pour proclamer son innocence.

Le moine franciscain s'était précipité aux pieds d'Amanda pour la conjurer de libérer la jeune organiste. Il demeurait convaincu de son innocence. Ses yeux, mouillés de pleurs, répandaient un torrent de larmes aux genoux de la belle Amanda, laquelle se flattait de rester inflexible. En vain, il tentait de la raisonner, de lui faire admettre que c'était une erreur, une faute grossière ; que la pauvre petite Melle Martin s'avérait bien incapable de soulever un homme doté d'une corpulence telle que celle de Maupin. Et malgré tout le talent qu'il déploya pour persuader Amanda, il ne put obtenir le bénéfice de sa loyauté. En vain, il essayait de lui présenter les choses de manière à la faire céder, pour la préserver de ses propres errements. N'eut été son amitié pour elle, il aurait volontiers planté là ce lieutenant de police, pour s'enfuir bien loin, devant de Sainte Thérèse, à Lisieux, afin d'expurger son dégoût de la nature humaine.

- Et pourquoi pas Maître Filembourg, tant que vous y êtes ?

- Ah, je suis certaine qu'elle serait ravie de lancer un homme par la fenêtre !

Quand vint le jour du procès, la foule se trouvait bien agitée devant les grilles du Palais de Justice. On hurlait à la mort, on vomissait toute sa haine, et on vociférait des horreurs qu'une décence élémentaire nous interdit de reproduire ici. Pour une raison qui nous demeure inconnue, et totalement contraires aux lois immémoriales de la défense, la pauvre Melle Martin se trouvait seule dans son box, privée de l'assistance d'un avocat. Elle semblait encore plus petite dans ce bout de loge, encadrée par deux gendarmes aux carrures impressionnantes. Et lorsque l'affreux président, à la sombre moustache efflorescente, emmitouflé d'hermine, bien toqué de rouge, lui intima l'ordre de répondre à ses questions, la jeune fille se mit à hululer lentement comme un chat-huant piégé dans les filets d'un braconnier.

Alors la salle se déchaîna dans une orgie ordurière d'avanies aussi poivrées que pimentées. De mémoire de greffier, on n'avait jamais vu un tel dévergondage entre les murs solennels de cette salle d'assises. Le président secoua en vain son marteau dont les coups sourds se trouvaient essoufflés par la violence qui régnait dans l'assemblée. Ni les cris du président, ni ceux des gendarmes, ne pouvaient apaiser la colère du public qui, tel un enfant voulant se venger contre la terre entière devant son jouet brisé, réclamait l'exécution immédiate de l'accusée, à cors et à cris. Devant pareil capharnaüm, on fit appel à des renforts et on eut toutes les peines du monde pour évacuer la pauvre Melle Martin, qui fut jetée, tel un sac maudit rempli de vipères, dans sa triste cellule. Mais une fois seule, dans cet endroit sordide, la petite jeune fille se mit à huer comme jamais.

Ce hululement chuinté depuis l'antre d'un cachot, qui s'élançait dans l'air de la nuit et se répandait, ainsi que les étamines d'une clameur diffuse, autour de sa cellule, par petit bouquets de note tel un pappus effluvé qui disperse, aux quatre vents, ses minuscules faisceaux plumeux de soies denticulées, à la manière de ces fleurs appelées dents-de-lion, commençait à produire un chaos de sons, d'abord faible et insignifiant, mais bientôt ronflé comme le moteur d'un char d'assaut qui lançait, de salve en salve, des fusées de notes, dans un grand tournoison de flammes et d'étincelles ; et dans l'infrutescence des clameurs, escortant ces feux de Bengale, on pouvait distinguer la voix d'un instrument puissant, polymorphe, et grave, la voix d'un animal mythologique qui semblait se dresser devant elle, la voix des orgues de la collégiale qui emplissait la tête d'Amanda.

Elle ne pouvait échapper au pouvoir de sa musique, comme si tous les tuyaux de l'orgue avaient été transportés dans sa tête, par une sorte de manœuvre diabolique inconcevable. Une débauche subséquente de sons effrayants frappait ses tempes et son front. Contre elle, Melle Martin, avait-elle marmotté un sort ? Par quelle magie inexplicable pouvait-elle entendre sans fin ces musiques d'orgue assourdissantes qui lui rongeaient tout l'encéphale, comme un rat dans un fromage ? Amanda savait, maintenant, que cette musique furieuse, capiteuse émolliente, ne provenait plus de l'extérieur de son corps, mais de l'intérieur, puisque tous ses organes s'étaient transformés en tuyauteries d'orgues, à son insu, pour souffler jusqu'à son crâne, une mélopée sombre de relents émétiques, au point de vriller sa conscience garnie de vapeurs lourdes.

Exténuée par la musique de ses organes, Amanda voulut se mettre au lit, et descendit dans un vaste sous-marin jaune, où trônait un baldaquin de château-fort, au milieu d'une salle gothique, sertie de tuyaux cuivrés accolés à un grand harmonium en porcelaine, dissimulé derrière un paravent de soie chinoise. Une bohème de sons tonitruants, adultérés par la toccata de Melle Martin, avait jailli de cet harmonica géant, tandis qu'une file de poissons, qui portaient chacun la tête de Dubois, marchaient en imperméable, derrière les hublots. C'est alors que Fantomas entra dans la chambre avec son visage immobile à tête bleue, déployant son immense rire sardonique, dont les stances frappaient les murs, comme la panne affilée d'un marteau démoniaque, formidablement hâblées par une cascade d'échos démultipliés.

Chapitre 24

Amanda s'éveilla.
Autour d'elle, des murs blancs et le visage du père qui souriait.
- Où suis-je ?
- A l'hôpital. On vous garde 24 heures. Ils font un examen complet.
- Où est Lisa ?
- Rassurez-vous, la petite est repartie chez les Merlin. Mais, cette fois, elle est interdite de jardin. La mère souhaite la choyer pour se faire pardonner, ne la quittant pas d'une prunelle.
Lisa va bien. Vous pourrez l'appeler.

Une lueur brève lui traversa le fond des yeux, comme un vol d'hirondelle en plein été.
- Que m'est-il arrivé ?
- Evanouissement dans la tribune d'orgue. Heureusement que Melle Martin a pu prévenir les pompiers. Ils ont eu du mal à vous sortir par le colimaçon, car on vous a retrouvée plongée dans

une profonde torpeur, appesantie comme une statue de plomb.

- Une torpeur ?
- Oui, impossible de vous réveiller.
- Mais comment est-ce possible ?
- Ce n'est pas à moi qu'il faut demander s'il existe des phénomènes surnaturels.

Le visage de la jeune femme exprimait tous les symptômes de la perplexité.

Elle cligna des yeux quand le père lui dit :

- Vous nous avez fait peur !

Elle sourit dans le vide.

- Tenez, poursuivit alors le moine, je vous ai apporté un peu de lecture.
- Ah, merci beaucoup !
- Un petit livre de Dostoïevski. Petit mais d'une densité folle, comme le cristal d'osmium.
- Qu'est-ce que c'est ?
- *Les carnets du sous-sol*. Le livre de son basculement.
- Son basculement ? Que voulez-vous dire par-là ?
- Vous le verrez vous-même. Fédor laisse entrer le mystère dans son art. Et il nous ouvre les portes de la métaphysique. La question du mal va désormais le hanter.
- C'est gai !
- C'est beau, surtout.

Amanda feuilleta le petit livre avec un air machinal et détaché.

- Qu'entendez-vous donc par phénomène surnaturel ?

- Des événements physiques inexplicables et totalement impossibles à résoudre avec les lois scientifiques.

Puis, devant la mine flottante de la jeune femme, il ajouta :

- Connaissez-vous Mère Yvonne-Aimée de Malestroit ?

- Non.

- La Supérieure des Augustines, dans un couvent breton. Pendant la guerre, elle a soigné des résistants au nez et à la barbe des soldats Allemands. Un colonel de la Wehrmacht désire réquisitionner les bâtiments hospitaliers, Mère Yvonne-Aimée lui réplique, sans baisser les yeux devant lui : « Nous tasserons nos lits pour recevoir vos malades militaires, mais nous ne mettrons pas dehors nos malades civils ».

- Bravo !

- Elle cache des Juifs, des résistants et, encore mieux que dans *La Grande Vadrouille*, elle va jusqu'à déguiser des parachutistes en habit de religieuses. Un jour, un officier allemand qui se méfie veut entrer dans la clôture pour fouiller. Mère Yvonne se met en travers de la porte et lui signifie avec autorité que les hommes sont interdits dans l'enceinte du couvent, et que personne n'entrera. L'officier fera demi-tour.

- Quelle femme !
- Elle est arrêtée à Paris, et torturée par la Gestapo, dans la rue du Cherche-Midi. Elle parvient à s'évader miraculeusement. Mais le plus étrange, dans sa vie, ce sont les cas de bilocation.
- De bilocation ? Qu'est-ce que c'est ?
- La faculté de se trouver en deux endroits différents au même moment.
- Mais c'est impossible !
- Oui, selon les lois naturelles.
- Continuez…
- Dans la vie de Mère Yvonne, 151 cas de bilocation ont été recensés. La plupart sont des gens très sérieux qui attestent avoir vu la religieuse à un endroit, alors qu'elle était au même instant dans son couvent à soigner des malades.
- Mais c'est incroyable !
- En 1945, Mère Yvonne reçoit la Croix de guerre avec palme. Le Général de Gaulle vient à Vannes, en personne, pour lui remettre la Légion d'honneur. Plusieurs témoins formels ont entendu le Général lui glisser près de l'oreille : « J'espère que vous n'êtes pas à Londres, en même temps, en train de vous faire décorer par Churchill ».

Amanda fut secouée par un petit éclat de rire. Elle fixa le père avec des yeux de hibou :
- Mais comment savez-vous tout ça ?

- J'ai une tante qui était religieuse avec elle à Malestroit.

La jeune femme se ferma.

- Vous pensez vraiment que ma torpeur est un phénomène surnaturel ?
- Je n'en sais rien. Je vous dis seulement qu'il existe des événements inexplicables.

Subrepticement, elle avait été traversée par les images de son rêve, se remémorant le visage de la malheureuse petite organiste, en cellule, clamant son innocence comme un chat-huant derrière les barreaux. Elle avait honte d'un tel songe car, selon toute évidence, Melle Martin n'était ni taillée, ni éduquée, pour lancer un homme par la fenêtre.

- Etes-vous ici depuis longtemps ?
- Depuis ce matin.
- Et qu'avez-vous fait tout ce temps ?
- J'ai prié et j'ai lu.
- Et que lisez-vous cette fois ?

Le père Brun attrapa un livre posé sur une chaise, pour le lui présenter. Sur la couverture, on pouvait lire : *La violence et le sacré*. Le nom de l'auteur était René Girard.

- Le titre est étonnant.
- Oui, ses théories aussi. René Girard est brillant, il offre un regard nouveau sur les origines des religions.
- C'est-à-dire ?

- Selon lui, et après des études poussées dans toutes sortes de religions archaïques, la violence est à l'origine du fait religieux, inventé pour calmer la violence des sociétés humaines.

- Intéressant !

- Oui, les bases de l'éthologie, la science du comportement animal, nous montre que nos amis vivent selon un système de hiérarchie. La loi du plus fort les conduit rarement à tuer le rival. Chez les humains, c'est très différent.

- Expliquez-moi !

- Ce serait long, car la pensée de Girard est dense, mais je peux vous dire en deux mots que le *désir mimétique* finit par engendrer des rivalités et *l'affrontement des doubles* fait naître une crise dans la communauté. On en vient fatalement à sacrifier un *bouc émissaire*, qui est une victime innocente. La répétition de ce phénomène va donner naissance à des rites et à des tabous. Ici Girard situe l'origine de la culture et des mythes.

- Je ne sais pas si j'ai tout compris, mais je reconnais que c'est fascinant.

- Oui, le thème des doubles est captivant. Ils sont l'expression d'une d'hypnose. Girard nous apprend que « les lois de la fascination produisent des schémas géométriques rigides ».

- C'est encore différent de la bilocation.

- Autre chose.

- Mozart et Salieri !

- Vous avez vu *Amadeus* !

- Ah oui, quel film !

- *L'œil était dans la tombe et regardait Caïn.*
- Ah ça me dit quelque chose.
- Un vers de Victor Hugo sur Caïn et Abel qui nous rappelle que la plupart des rivalités ont une origine fraternelle.
- Romulus et Remus.
- Vous avez tout compris Amanda. Tite-Live rapporte qu'une dispute éclate entre eux. Remus franchit par dérision le sillon sacré (le fameux *pomerium*) que vient seulement de tracer Romulus, lequel tue son frère sous le coup de la colère. « Il en sera de même pour tous ceux qui oseront franchir mes remparts ». Pris de remords, Romulus enterre son frère sous la colline de l'Aventin avec les honneurs.
- Quel récit !
- C'est la naissance de la culture romaine. Dans le sang d'un innocent, sont institués rites et tabous. Rite : le culte des morts. Tabou : la limite des remparts. Voilà ce que nous apprend Girard.

Le père Brun fixa un moment le livre qui flottait encore entre les mains d'Amanda, celui des *Carnets du souterrain*. Et il reprit :
- D'ailleurs, le *double* est un thème qui hantait Dostoïevski. Il en a même écrit un livre. Son deuxième, je crois.

Amanda feuilleta de nouveau le petit livre ouvert entre ses mains. Au hasard des pages, elle piocha les mots suivants :

« On vous démontre, par exemple, que vous descendez du singe : pas la peine de faire la grimace ».

D'un bond, le père s'était levé et se frappa le front avec la paume sa main droite :
- Bon sang ! Mais oui ! Peut-être que… ?

Amanda observa ses traits irréguliers. Elle n'avait jamais noté une telle expression sur son visage halé : c'était la grimace d'Archimède quand il poussa son *Eurêka* !
- Je dois partir. Il faut absolument que je vérifie ça. C'est trop bête !
- De quoi parlez-vous ?
- Mais là, c'était sous nos yeux !
- Mais quoi ?
- Je pars. Deux ou trois jours. J'ai besoin de savoir.
- Vous ne pourriez pas m'expliquer ?
- J'ai peut-être résolu l'énigme.
- Vous parlez du meurtrier ?
- Ecoutez Amanda, je vous appelle dès que j'ai trouvé. Mais vraiment, c'est trop bête.
- Mais quoi à la fin !
- *Vous ne voyez rien, dans ce que vous regardez.*
- Dites-moi, je vous en prie !
- Comme Fabrice à Waterloo, nous étions devant la bataille, et nous n'avons rien vu.
- Mais vu quoi ?

- Je vous appelle !

Et, quittant la chambre sous l'effet d'une grande secousse qui fit voler son habit dans une tornade de brun, il s'écria :
- Oui ! *L'invisible est venu dans la vision.* Alléluia !

Pendant trois jours, le Père avait disparu. Nul ne savait où il s'était caché. Les paroissiens s'interrogeaient. Il ne répondait à aucun appel, ni à aucun message. Avait-il quitté Donville-sur-mer pour toujours ? Un vent de panique se mit à souffler sur la communauté des fidèles. La plupart refusaient de considérer que leur pasteur les avait abandonnés et continuaient d'espérer son retour en déposant des cierges devant la statue de Sainte Thérèse. La plus affectée par cette disparition était Amanda, malgré la joie de ses retrouvailles avec Lisa. Elle n'avait pas réussi à saisir pourquoi il la tenait toujours à l'écart de ses recherches. Heureuse d'être enfin de retour chez elle, mais accablée par la situation, elle avisa le petit livre qu'il avait offert. D'un geste de dépit, elle le jeta dans un tiroir, quand son téléphone afficha un appel du moine :
- Bonjour Amanda.
- Bonjour mon révérend.
- Etes-vous bien reposée ?
- Oui, ils n'ont rien trouvé à l'hôpital.
- Tant mieux ! Tant mieux ! De mon côté, j'ai enfin trouvé ! Merci de convoquer au Manoir,

les propriétaires, les cinq suspects, les parents de Charles et de Mathilde, demain pour 15 heures. Il y aura des surprises.

- Mais qu'est-ce que… ?
- A demain Amanda !

Chapitre 25

Tous étaient réunis dans la grande salle du Manoir, à la demande d'Amanda.

Se trouvaient là, les deux propriétaires, mais aussi les cinq suspects : le majordome, le jardinier, les deux parisiens, le gitan flanqué de son avocate Maître Filembourg, ainsi que les parents de Charles, les parents de Mathilde, et enfin Amanda.

Treize personnes assises sous le toit de ce manoir antique dans l'attente du père Brun, qui fit son arrivée, le visage détendu. A peine eût-il salué l'assistance que Maître Filembourg prit la parole :

- Je me plaindrai de vos méthodes. Cette réunion est intolérable.

- Bonjour Maître, si vous ne souhaitez pas assister votre client, c'est votre droit, mais nous avons des révélations importantes, concernant la mort de Frédéric Maupin, dont le meurtrier se cache parmi vous !

A cet instant, un frémissement parcourut l'assemblée comme la vague d'une tempête qui secouait les consciences.

- Je proteste, hurla le propriétaire.

- C'est une honte ! lança quelqu'un, au beau milieu d'un brouhaha soyeux qui risquait de se transformer en joli tumulte.

- Vous voulez donc ne pas savoir s'il y a des innocents, renchérit le père, d'un sourire malicieux.

- Allons, laissez-le parler, suppléa le père de Charles, d'une voix forte.

Une fois le calme revenu, le père fixa du regard chacun des présents, puis il démarra :

- Tout d'abord, un rappel des faits. Frédéric Maupin a été tué cet été, pendant le mariage de Charles et de Mathilde. Au début, chacun a cru qu'il s'agissait d'un suicide, mais très vite on a compris que c'était un meurtre, un crime sans empreinte, ni indice particulier. Une situation idéale, en quelque sorte, pour le criminel. Alors nous avons orienté nos recherches, privés de tout élément matériel probant, vers le mobile du crime. Pourquoi tuer cet homme-là ?

Les visages étaient tous orientés vers celui du moine, comme au sein d'un groupe d'élèves dans une académie antique et, pour cette fois, les voix se taisaient, en raison de son élocution naturelle et de sa figure si grecque de philosophe athénien.

- Nous avons donc fouillé plusieurs pistes possibles. Que cherchions-nous ? Un seul meurtrier ou plusieurs ? Des complices ou pas ? Le profil de la victime ? A toutes ces questions, des réponses sommaires, dont certaines étaient causées, dirions-nous, par l'inertie d'un suspect, abrégea le moine, fixant le gitan droit dans les yeux, tandis que Maître Filembourg se mit à remuer sur sa chaise en agitant sa touffe de cheveux violine sur le sommet de son crâne.

Et le père Brun, après avoir repris le bon rythme de sa respiration :
- Je tiens ici à rendre hommage au travail exceptionnel d'Amanda Lemercier. Oui, c'est vrai ! Sans sa ténacité, sa curiosité, son goût de la vérité, en un mot : son professionnalisme, nous ne serions pas réunis ici pour connaître le dénouement de cette affaire. Et un avis de remerciement à son auxiliaire Dubois, en vacances cette semaine.

Amanda senti une légère émotion dans le thorax comme si quelqu'un avait versé une jatte de sang chaud dans son cœur.
- C'est grâce à nos échanges nourris avec le lieutenant Lemercier qu'une idée a surgi. On peut aussi remercier René Girard. Sa théorie des doubles nous a mis sur la bonne piste.

A ce moment, dans l'auditoire, plusieurs visages haussèrent les sourcils, mais l'un d'eux les fronçait, sous une grosse houppe violette, et Maître Filembourg ne put s'empêcher de réclamer, sur le ton d'une poissonnière qui n'a pas compris la commande d'un client :

- Pourriez-vous être plus clair, je vous prie ?
- Oh, c'est assez simple. Les thèses de René Girard sur *l'affrontement des doubles*, m'ont donné l'idée de rechercher un double à Frédéric Maupin.

A cet instant précis, le père Brun repéra une silhouette qui commençait à s'agiter sur sa chaise.
- Un double ? Mais de quoi parlez-vous ? insista Maître Filembourg qui ne brillait pas du tout par sa finesse d'esprit.
- Je suis parti quelques jours, dans le seul but d'examiner les actes de naissance au sein de la famille Maupin. Et j'ai fait une découverte.

La silhouette que le père avait repérée se tourmentait sur sa chaise, comme un oiseau sur des charbons ardents.
- Ah ? Et qu'avez-vous donc découvert ? interrogea le propriétaire, dont la colère s'était visiblement apaisée.
- J'ai ici la copie des actes qui prouvent ce que je vais annoncer, fit le père Brun, en levant des feuillets dans sa main droite, provoquant un frisson de curiosité qui agita l'assemblée, et en son sein, une silhouette de plus en plus inquiète.
- Au moment de sa naissance, la mère de Frédéric Maupin était mariée avec son père, c'est-à-dire qu'elle s'appelait Madame Maupin.
- Et vous appelez ça une révélation ? fit la grosse dame aux cheveux mauves.

- Chuuuut ! lancèrent trois voix en même temps, excédées par les intrusions intempestives de Maître Filembourg.

- Mais une fois veuve, alors que son petit garçon avait à peine cinq ans, elle s'est mariée avec un dénommé Bouchon, dont elle a eu un deuxième fils, le frère, et le double, de Frédéric Maupin.

C'est alors que le jardinier se mit à courir vers la porte pour s'enfuir, mais de l'autre côté du huis clos, une équipe de gendarmes attendait en faction, à la demande du père et d'Amanda.
- Bouchon ? Mais c'est le nom du jardinier ! s'exclama le propriétaire, interpellant sa femme avec un temps de retard.

Les gendarmes avaient cueilli le jardinier qui était le frère dissimulé de Frédéric Maupin. Il fit ses aveux sans résistance, devant Amanda qui reçut ensuite sa déposition avec les félicitations de son directeur. L'affaire, enfin, fut bouclée. Une simple dispute entre deux frères, qui avait mal tourné. Bref, l'histoire de Romulus et de Remus.

Pierre Bouchon était jaloux de son frère ainé. Après vérification auprès de la direction du Casino de Trouville, il était habitué des tables de jeu. Pour l'aider à résoudre ses problèmes d'argent, il avait sollicité l'aide financière de son demi-frère antiquaire, mais ce dernier refusait d'être aperçu en compagnie du jardinier. Les rencontres se faisaient au gré des bistrots. Devant le peu de soutien reçu par son frère, le jardinier le menaçait d'ébruiter partout leur lien de parenté. Mais ce vilain procédé rebutait le plus âgé des deux. Le jour du mariage, Pierre Bouchon avait fixé rendez-vous au Manoir. Au dernier moment, il changea d'avis pour se rendre au cinéma. Etouffé de rancœur, il avait peur de céder à la colère. Une fois dans la salle, pris de remords, il se décida soudain à se rendre au Manoir, en vue de poser un ultimatum à Maupin. La suite, on la connaissait, la dispute, et le geste fatal. Au fond, tout ceci était banalement triste et minable.

Les participants souriaient, parce que leur probité se trouvait hors de cause. Ils remerciaient chaleureusement le père Brun et Amanda ; tous sauf le gitan et son avocate, qui avaient profité de la confusion générale, après la fuite avortée de Pierre Bouchon, pour filer à l'anglaise.

Tandis que les gendarmes embarquaient le criminel, Amanda se tourna vers le moine et lui annonça :
- Je vous dois une fière chandelle !
- Mais non, c'est moi qui suis débiteur. Je vous dois des remerciements !
- Ah bon, et pourquoi ?
- Parce que, grâce à vous, j'ai réussi mon premier examen de détective.
- On peut dire que oui.

- Demain c'est samedi. Venez fêter ça au presbytère avec Lisa !
- Entendu ! Avec joie !

Le lendemain, autour de la grande table du presbytère, tous les membres de *l'Académie Durtal* se trouvaient réunis. Devant l'assiette de Lisa, et celle d'Amanda, on avait disposé des petits paquets, enturbannés de papiers cadeaux. Après avoir béni la table, le prêtre s'expliqua :
- Je tenais à vous faire des cadeaux pour vous remercier !
- Encore ?
- D'abord à Lisa, dit le père. Et aussitôt la petite fille, sans aucune pitié, dépiauta le papier emprisonnant la surprise, pour faire apparaître, sous des sifflets d'admiration, une poupée tout en tissu, avec des grands yeux, et des grandes nattes en fils jaunes.
- Oh je l'aime bien ! s'écria l'enfant.
- A votre tour Amanda !

La jeune femme ouvrit méticuleusement le paquet qui délivra la couverture d'un gros volume.
- Hahaha, encore un livre ! Mais qu'est-ce que c'est ? Ah ! *Les enquêtes du père Brown*, par G.K. Chesterton.
- Plein de romans policiers !
- Avec un prêtre-détective ? interrogea la jeune femme.
- Oui, et des tas d'énigmes.

- Mais je pensais que vous étiez le seul au monde !
- Nous ne sommes jamais seuls au monde.

Et après un léger silence :
- Savez-vous que le pot-au-feu est un plat qui provient peut-être de l'Antiquité ? lança la jeune organiste, ingénument, qui visiblement n'était pas du tout affectée par le rêve affreux d'Amanda.
- Oui, rétorqua le dominicain, avec l'air le plus sérieux du monde, en Grèce, on considérait la viande bouillie comme un progrès culinaire sur l'échelle humaine de la civilisation. Les Hellènes eurent bien conscience d'instaurer une véritable avancée depuis les temps reculés de la Préhistoire, en améliorant la viande rôtie.
- Pour certains, l'apparition d'un pot-au-feu sommaire daterait du néolithique. Puis, il se serait développé sous l'empire romain, précisa à son tour le libraire, dont l'aspect ursin, pour cette fois, avait frappé le regard d'Amanda.
- Le terme *pot-au-feu* désigne à la base un pot, dans lequel on faisait revenir la soupe, à côté du feu, un bouillon aromatique auquel on mélangeait viandes et légumes, expliqua le père Brun, pour ajouter son grain de sel. Plat populaire pendant des siècles, il ne deviendra un plat bourgeois qu'à partir du XVIIIème siècle.
- Mais c'est incroyable, voulut couper net Amanda, vous êtes de nouveau embarqués dans une dissertation sur le plat que nous mangeons.

- Et puis ? Ce n'est pas un péché, répliqua le dominicain.
- Peut-être, mais je croyais qu'il ne fallait pas s'attacher aux biens de ce monde ? avançait Amanda, avec un petit rire amusé.
- On doit pourtant s'intéresser aux affaires du monde, sans jamais oublier ce que nous dit Saint Paul dans son épitre aux Philippiens.
- Et que nous dit l'Apôtre ?

Le moine leva son verre de *Pape Clément*, qui conjuguait, aux saveurs moelleuses du pot-au-feu retroussées d'une pointe de girofle, des lourdes senteurs minérales de fruits noirs et de tabac blond, avec, en bouche, des notes brèves de cassis sur des tannins massifs et accrocheurs. Un vol de choucas s'ébroua en tournoyant dans le ciel, jetant partout des petits cris plaintifs et pointus, qui retentissaient jusqu'ici depuis les temps immémoriaux de la Reine Mathilde, gardiens de sa mémoire, et dont l'esprit maraudait, disait-on certains jours de brouillard, aux abords de la vieille tour-lanterne, dressée là sur les toits de la ville, comme la vigie d'un monde invisible.

Amanda souriait, heureuse. Elle ne s'était jamais sentie aussi bien.

Elle répéta sa question :
-Et que dit l'Apôtre ?

Alors, la voix du père monta comme le chant d'un oiseau dans l'air du jour :
- *Que notre cité à nous est dans les cieux !*

*A Nantes,
Le 11 novembre 2022,
Jour de la Saint Martin*